Luigi Pirandello

Non si sa come

Texte et illustration de couverture : © domaine public
Edition : Culturea (Hérault, 34)
Contact : infos@culturea.fr
Retrouvez notre catalogue sur http://culturea.fr
Imprimé en Allemagne par Books on Demand
Design typographique : Derek Murphy
Layout : Reedsy (https://reedsy.com/)

Dépôt légal : janvier 2023
Tous droits réservés pour tous pays

ISBN : 9791041844975

PERSONAGGI

Conte Romeo Daddi

Donna Bice Daddi, *sua moglie*

Giorgio Vanzi, *ufficiale di marina*

Ginevra, *sua moglie*

Marchese Nicola Respi

Ai nostri giorni.

ATTO PRIMO

Lungo terrazzo aggettato alla casa di Giorgio Vanzi, che sorge a sinistra e a cui s'accede per un grande uscio a vetri. Il terrazzo ha una lunga balaustrata, su cui sono imbasati a ugual distanza l'uno dall'altro alcuni fanali ora spenti. Si suppone che sotto questo terrazzo scorra un fiume, che non si vede. Di là dal fiume, lontana, è la dolce costa verde d'una collina. Luogo incantevole. Arredamento molto curato da giardino, belle sedie a sdrajo a sinistra, sedie d'altra foggia, un tavolino-bar e panchetti. Mattino, sulla fine di settembre. Al levarsi della tela Giorgio, seduto nel terrazzo, legge; vedendo entrare Respi, si alza.

Giorgio: Oh, Respi. Bravo. Ci si rivede.

Respi: Sei sbarcato da poco.

Giorgio: Da dodici giorni. Li conto, perché purtroppo me ne restano ormai soltanto tre.

Respi: Dopo otto mesi di crociera!

Giorgio: Quindici soli giorni di licenza. Che vuoi farci? È la nostra vita.

Respi: Lasciar questo paradiso

Giorgio: Come un sogno: quando ci sono e quando ne son lontano.

Respi: E la povera signora Ginevra

Giorgio: Anche lei. Ogni volta che la ritrovo. Forse è più bello così. Almeno finché s'è giovani. Col tempo che non ci basta mai.

Respi: Hai ragione. Noi ne abbiamo sempre troppo per saziarci di tutto.

Giorgio: Oh, per questo anch'io, a bordo.

Respi: È un'altra cosa. In questa nostra sazietà

3

Giorgio (*compiendo la frase*): - pigri sentimenti e pensieri oziosi: siete come le nebbie di palude che pare vadano a tentoni.

Respi: No, peggio, caro, peggio!

Giorgio: Siedi. Prendi qualche cosa.

Respi: No, grazie.

Giorgio: Un whisky. Te lo servo io.

Eseguisce.

Respi: Hai visto Daddi?

Giorgio (*versando anche per sé*): Eh, il primo -

Respi (*bevendo*): Lo so, appena sbarcato, corresti in villa da lui a prendere tua moglie. Ottimo questo whisky.

Giorgio: Ancora un po' di soda?

Respi: No, basta così.

Giorgio: Ginevra fu ospite della Bice durante tutta la villeggiatura.

Respi: Fui ospite anch'io.

Giorgio: Ah sì? Ginevra non me l'ha detto.

Respi: Per soli cinque giorni, di passaggio: ti dirò. Ma tu allora ti trattenesti da lui?

Giorgio: Poche ore. A colazione. Ginevra era già pronta per seguirmi. Siamo andati in campagna da mia madre e siamo ritornati questa mattina.

Respi: Cosicché non l'hai più rivisto?

Giorgio: Daddi? No. Perché? L'aspetto. Deve venire.

Respi: Non sai dunque nulla?

Giorgio (*preoccupato dell'aria di Respi*): No. Gli è accaduto qualche cosa?

Respi (*dopo una breve pausa, alzando le spalle, aprendo le braccia*): Dev'essersi impazzito.

Giorgio (*stordito e quasi incredulo*): Chi? Romeo? Scherzi! Il più sereno -

Respi (*interrompendolo, con intenzione*): A te parve sereno là in villa quand'arrivasti?

Giorgio (*dubitando allora che si tratti di un'impressione o d'un timore di Respi*): Ma sì! serenissimo, al solito, e così festoso! È stato sempre il più sereno e schietto dei nostri amici, e per me, come un fratello. Ma che gli è avvenuto?

Respi: Qualcosa, allora, dopo.

Giorgio: Dopo? Che vuoi dire?

Respi: Dopo che tu sei partito, è chiaro; se l'hai lasciato sereno.

Giorgio: Ma tu dici allora sul serio impazzito, non così per dire?

Respi: Sul serio.

Sporgendosi a guardarlo da vicino:

Per la moglie, tu capisci?

Giorgio (*come ascoltando un'enormità*): Che? Per la moglie?

Respi: Per Donna Bice, quella santa!

Giorgio: Ah, ma allora è pazzo veramente! Ma come? Se è stata sempre per tutti un miracolo di concordia la loro vita insieme! Innamorati ancora l'uno dell'altra come il primo giorno!

Respi: Gli dev'esser nato d'improvviso qualche sospetto, non può essere altrimenti.

Giorgio: Su Bice? Impossibile! Questo, se mai, può essere effetto, non causa della pazzia. Soltanto un pazzo -

Respi (*seguitando la frase*): - d'accordo! d'accordo! soltanto un pazzo può sospettare d'una donna come quella. Il certo si è che partì anche lui dalla villa, solo, il giorno dopo il tuo arrivo

Giorgio: - il mio arrivo? -

Respi: - Sì -

Giorgio: - e che relazione? -

Respi: - non so - se ne venne in città e cominciò a far tali stranezze; pare, dicono, rovistare da per tutto, forzare, fracassare i mobili della moglie -

Giorgio: - che mi dici! -

Respi: - chiamata d'urgenza, Donna Bice è accorsa e l'ha trovato... io non ti so dire... chi l'ha visto, dice irriconoscìbile, con certi occhi che si voltano senza sguardo, se lo chiami; ma poi tutt'a un tratto gli s'accendono e si mettono a fissare, prima da lontano, obliqui, attratti da certi segni che crede di scoprire (spiegabilissimi, perché tutti, infatti, sono costernati attorno a lui) e man mano s'avvicina spiando, sì, ti si para di fronte, ti posa le mani sulle spalle e ti scruta negli occhi affitto affitto con un tale acume da farti morir dallo spavento; le labbra che gli fremono parlanti ma senza dir nulla che si senta. Uno spavento!

Giorgio: Ma basterebbe resistergli! Perché spavento?

Respi: Corpo! Uno che ti fissa così e ti rimuove dal fondo della coscienza la posatura di tutta quella feccia che ognuno ha dentro!

5

Entra Ginevra.

Giorgio: Respi mi sta dicendo -

Respi: Buon giorno, Ginevra:

Ginevra: Buon giorno, Respi.

Respi: Sono costernatissimo, e desidero parlare proprio con voi.

Giorgio: Pare che Romeo Daddi sia d'un tratto impazzito.

Ginevra: Ma no! Impazzito? Come ...

vacilla appena

come impazzito?

Giorgio: È proprio da vacillarne!

Ginevra: No. Niente. Così di colpo ...

Respi: Che abisso! Che abisso! - sembra dica così.

Ginevra: Chi?

Respi: Lui, guardando negli occhi. - Che abisso!

Giorgio: L'anima di Bice, te l'immagini? Abisso, l'anima di Bice!

Ginevra: Ah, è per lei?

Giorgio: Geloso di lei!

Respi: La vessa da dieci giorni.

Giorgio: Incredibile! Incredibile!

Respi: E lei, anziché esserne offesa, si strugge di pietà per lui. Nessuno meglio di me può sapere -

Ginevra (*interrompendolo*): Vi ha forse sorpresi a parlar soli insieme?

Respi (*un po' confuso dalla strana domanda*): No. Dite, ora, ultimamente? Prima, sì, tante volte.

Giorgio (*sovvenendosi, con un sorriso*): Ah già! tu -

Respi (*con scatto d'esasperazione*): Io, che cosa? ho bisogno d'aria, io! di scapparmene in cima a una montagna, non so dove!

Giorgio: Non puoi negare d'averle fatto a lungo la corte.

Respi: Senz'ottenere mai altro che un sorriso di compatimento da lei -

6

Giorgio: Eh, te lo dico perché ne son certo!

Respi (*seguitando la sua battuta*): - con quella serenità che viene dalla più limpida e ferma sicurezza di sé.

Giorgio (*compiaciuto*): Limpida, sì.

Respi: E non s'è mai né offesa né sdegnata. M'ha dimostrato soltanto, con la massima dolcezza, che sarebbe stata inutile ogni mia insistenza, perché era innamorata anche lei, tale quale come me, forse più di me, ma di suo marito; e che essendo così, se io la amavo veramente, dovevo intendere che lei non avrebbe potuto venir meno al suo amore; se non intendevo questo, era segno che non la amavo; e allora, se non la amavo -

Giorgio (*interrompendolo*): Come la riconosco in questo che dici! Limpida, come l'acqua marina in certi lidi scoscesi e difficili, così trasparente che, per quanto desiderio si abbia d'averne nel caldo un ristoro delizioso, si prova quasi un sacro ritegno a intorbidarla -

Ginevra: - quand'uno, senza pensarlo, non ci si trovi dentro, tuffato.

Respi (*a Giorgio*): No, no, questo ritegno, appunto questo ritegno che tu dici: io l'avevo provato sempre, accostandomi a lei; solo nei cinque giorni maledetti trascorsi in villa ultimamente, sopraffatto dalla passione

Ginevra: - la bell'acqua marina... -

Respi: - sì, confesso, che forzai il mio ritegno, e fui duramente respinto. Ora il mio dubbio angoscioso è questo, e voi Ginevra ch'eravate là potete, voi sola forse, levarmelo o purtroppo confermarmelo: che del turbamento che io le cagionai si sia accorto il marito.

Ginevra: Del turbamento no, caro Respi, tranquillatevi: (se ci fu) fu subito sedato dopo la vostra partenza.

Respi: Ah bene.

Ginevra (*con una certa sorridente perfidia*): Romeo s'accorse di tutto.

Respi: Come di tutto?

Ginevra: E anch'io, caro; ci vuol poco ad accorgersi di queste cose; ma non ne fece alcun caso, anzi, se debbo dirvi tutta la verità

Respi: - dite dite, ve ne prego! -

Ginevra: - non ve ne avrete a male?

Respi: - ma no, vi prego!

Ginevra: - quando Bice ce lo disse (lei meno di tutti, posso assicurarvelo) se ne rise molto.

Respi (*restandoci male*): Ah, se ne rise?

Ginevra: Sì, amico mio; ma senza scherno.

Respi: E lo disse al marito lei stessa?

Ginevra: Ma sì, come una cosa che lui già sapesse da un pezzo. Siate certo però che seguitava a compatirvi perché diceva: «quel povero Nicola».

Respi: Io non ho bisogno d'alcun compatimento per me, adesso, e per lei! Domando come si spiega tutto questo, allora, se prima ne rise, come voi dite?

Giorgio: Ma tu sai dunque che ora Romeo è geloso di te?

Respi: Io non so nulla! Sono arrivato anch'io questa mattina, e trovo qua questa bella notizia. Me l'ha data Traldi, tu lo conosci: pare che al Circolo della Racchetta non si parli d'altro. M'è passato per la mente che potessi averci influito anch'io, in qualche modo; ma così, come una delle ipotesi più assurde da non escludere in un caso di pazzia. Se voi, cara Ginevra, la escludete senz'altro, io da parte mia non posso che esserne lieto.

Ginevra: Ah no, piano! non escludo più nulla ora, se dite che è impazzito. Ce lo venite a dire così...

Giorgio: Già, come una cosa da nulla!

Respi: Vi dico che me n'ha informato Traldi, or è poco, a bruciapelo. M'ha chiamato; ero ancora con le valige.

Giorgio (*come colpito da un'idea*): Oh, dico, assurdo per assurdo, non sarà mica per me!

Ginevra (*urtata*): Ma che per te! Come ti viene in mente?

Giorgio: Se fu subito dopo che noi siamo partiti... Dico, assurdo per assurdo!

Ginevra (*impressionata*): Chi te l'ha detto?

Giorgio (*indicando Respi*): Lui! Se ne venne qua a fracassare i mobili di Bice...

Ginevra: È una pazzia!

Giorgio: Se è pazzo!

Ginevra (*dopo una breve pausa di riflessione*): Voglio prima vederlo.

Giorgio: Tu non ci credi? Le accoglienze così festose che mi fece la Bice...

Ginevra (*irritata*): Ma non pensarlo nemmeno! Tu sei da escludere senz'altro.

Indicando Respi:

Lui, piuttosto. Può darsi che prima, sereno, abbia riso della vostra corte, e che poi, ripensandoci...

Giorgio: Qualcosa dev'essergli certo accaduta, che non si sa.

Respi (*a Ginevra*): Voi stessa mi avete domandato in principio se ci aveva sorpresi a parlar soli insieme.

Ginevra (*stordita*): Io?

Giorgio: Sì, tu. Glielo domandasti. E la domanda fece impressione anche a me.

Ginevra (*confusa*): Ah ma... perché, forse, il sospetto, sai com'è... tante volte può nascere ripensando d'improvviso a cose di cui prima non s'era fatto alcun caso e che poi, sotto un'altra luce...

Giorgio: Ripensando! ma la ragione di ripensarci? ecco! la ragione di ripensarci. Trovarla. Tu la sai?

Ginevra: Io?

Giorgio: Pare che debba saperla.

Ginevra: Ma che dici! Che vuoi che sappia io?

Giorgio: Hai detto «sorpresi a parlar soli». Ecco: «tante volte» t'ha risposto lui. Ripensando a questo? Tu ammetti allora che si possa trovare in questo la ragione? Pare che per te sia possibile supporre che la Bice

Ginevra: - ma no! -

Giorgio: - e allora, scusa! che domanda hai fatto? Lasciamo Bice, poverina; una moglie qualsiasi, sorpresa dal marito a parlar da sola con un amico

Ginevra: - se sa che quest'amico fa la corte alla moglie -

Giorgio (*alludendo a Romeo*): - ne ha riso, l'hai detto tu stessa; dunque questo non l'ha fatto impazzire, è chiaro. «Dopo» tu dici: ci ha ripensato dopo. Perché?

Respi: Tu vuoi sapere la ragione per cui uno impazzisce?

Ginevra: Possono venire in mente tante cose d'un tratto...

Giorgio: Mi pare impossibile, che volete che vi dica, che Romeo Daddi, senza una ragione, con una moglie come quella... io lo conosco da ragazzo, cresciuti insieme, e la Bice, come una sorella! Bisogna andarli a trovare. Tu vieni?

Ginevra: Se vuoi. Ma forse... sarebbe meglio forse che andassi prima tu solo.

Giorgio: Perché? Sei stata con loro tre mesi. Scusami, cara, ti vedo -

Ginevra: - ma no, come mi vedi?

Giorgio: - non so, sembri irritata!

Ginevra: Io? Ma niente affatto! Irritata di che?

Giorgio: Sì, sì, te l'ho detto di che! Tu ammetti che si possa credere sospettabile la Bice.

Ginevra: Non vorrai metterti a fare il pazzo anche tu, adesso.

Giorgio: Che c'entra fare il pazzo?

Ginevra: Mi metti in mente cose che non penso!

Giorgio: Scusami, ho questa impressione. Sai che parlo franco.

Ginevra: Amo anch'io Bice come una sorella, e so che -

Giorgio: - che?

Ginevra: - che è come me anche lei, niente di meno, niente di più, tutta per suo marito.

Giorgio: E dunque perché non vuoi venire?

Ginevra: Ma sì, vengo, figurati! Mi turba -

Respi: Ecco Donna Bice.

Entra Donna Bice.

Giorgio (*con affettuosa premura*): Oh, Bice! Venivo da te.

Bice (*commossa, quasi per piangere*): Caro Giorgio!

Ginevra: Bice!

L'abbraccia con un fremito di pianto convulso.

Giorgio: Diceva appunto che t'ama come una sorella.

Bice (*tenendola stretta a sé*): Lo so, Ginevra mia, lo so!

Respi (*impacciato, come sentendosi in colpa*): Cara contessa!

Bice (*anche lei imbarazzata*): Per carità, voi, Nicola -

Respi: - volete che vada?

Bice: Sta per venire; so che mi segue; è molto più calmo: non vorrei che vi trovasse qua.

Respi: Vado senz'altro.

Bice: No, aspettate: bisognerebbe prima accertarsi che non vi veda uscire.

Giorgio: Baderò io, baderò io, non dubitare. Vieni, Respi.

Respi saluta, e via con Giorgio.

Ginevra: Ma sospetta proprio di lui?

Bice: Di tutti, di tutti; anche di lui; ma non è un sospetto; è una cosa così strana -

10

Ginevra: - che cosa?

Bice: - non ti so dire, da cui pare non ci si possa guardare -

Ginevra: - come? ah, dice così?

Bice: Sì, una cosa di cui, a sentirlo, non c'è nemmeno da far colpa.

Ginevra: E dunque? Se non c'è da far colpa!

Bice: Com'è possibile?

Ginevra: Se lo dice lui stesso!

Bice: Ma che significa? Tu lo capisci? Mi guarda negli occhi, con certi occhi! se tu glieli vedessi! e sorride -

Ginevra: - sorride? come sorride?

Bice: - d'una maniera, che dà i brividi; e poi domanda: - «Nulla, più nulla, eh? Sepolto! tutto ingojato!» col tono di chi è certo, io non so di che; ma dice che lui lo sa, lo sa; e si mette a vaneggiare; ma poi t'accorgi che non è vero, perché si riferisce a cose precise -

Ginevra: - come, precise? che dice?

Bice: - sì, a persone determinate -

Ginevra: - determinate? a chi?

Bice: - pare le abbia davanti; non le nomina -

Ginevra: - ma che dice?

Bice: - cose, io non le comprendo; ma è come se lui le veda, non so, vere, ecco, vere da apparire a tutti, lampanti -

Ginevra: - che cose? -

Bice: - cose che nessuno suppone; pare le scopra, da toccarle, là, dove nessuno le vede.

Ginevra: È proprio pazzo allora! Pazzo! Sono allucinazioni?

Bice: È un guasto, certo, che gli s'è fatto qua!

Ginevra: Ne sei certa?

Bice: Come! Gli occhi! Gli si vede dagli occhi! E poi, quando mai lui ha parlato così? Dice, sì, alle volte, anche cose che t'atterriscono da come sono tue, di pensieri che hai avuto un momento, con una lucidità che hai l'impressione di restargli nuda davanti, e non puoi più crederlo pazzo.

Ginevra: No, anzi, per questo, tanto più, scusa!

Bice: Perché?

Ginevra: Perché le dice! Tu non hai mai detto e nemmeno io, né nessuno, ciò che può passare, un attimo, per la mente, o può esserci avvenuto in segreto, senza volerlo; anche in sogno, supponi: delitti innocenti.

Bice (*con stupore e spavento*): Ginevra!

Ginevra: Che cos'è?

Bice: Oh Dio! È come se tu l'avessi sentito -

Ginevra: - io? -

Bice: - sì, parlare! Dice proprio così!

Ginevra: Delitti innocenti?

Bice: Sì, Sì.

Ginevra: E chi non ne ha commessi?

Bice (*restando*): La stessa domanda!

Ginevra (*con dispetto*): Ma è naturale, cara, se mi porti a parlare come lui di cose di cui nessuno parla, tranne che non sia un pazzo, o, scusami, qualcosa di peggio; sì sì, qualcosa di peggio! Se per lui sono «innocenti», perché ne parla e ti vessa? Io ne sono indignata! indignata!

> *Entra, con Giorgio, Romeo Daddi in tempo d'udire quest'ultima esclamazione.*

Romeo: No, cara mia, non indignartene, perché è a fine di scusare, cara mia; soltanto a fine di sapere e di scusare.

Ginevra: Come, intanto, denunziando?

Romeo (*guardando in giro con aria sospesa*): Ho denunziato?

Ginevra: Pare che sia sulla strada di scoprir segreti in tutti!

Romeo (*con aria furba e negando col dito*): Non mi conviene! ah no no! non mi conviene. Neanche per ischerzo! Sarebbe come istituire un tribunale per i veri delitti. Figuriamoci!

Giorgio: Quali sarebbero, questi veri delitti? Se incolpi Bice, certo ne avrò commessi tanti anch'io.

Romeo: Ma tutti, caro!

Giorgio: Ah, meno male, se siamo tutti!

Romeo: E poi la consolazione che non se ne sa nulla, ti par poco? Basta non lasciarsi cogliere sul fatto. La fronte è dura. Non ci si legge. Puoi anche fare, guardandomi, la faccia sorridente.

Giorgio (*prendendolo in parola*): Perché no? Eccotela!

Romeo: Eh, tu sì, puoi per davvero, povero Giorgio! Il guajo è che anche gli altri possono fartela. Ed è tanto più orribile, pensa, in quanto può anche parer giusto a ciascuno non credersene responsabile, capisci? rifiutare d'assumerseli sulla coscienza, perché non li ha voluti.

Giorgio: Se non li ha voluti!

Ginevra (*riferendosi a quello che ha detto a Bice anche lei*): Ecco!

Romeo: Ma li commette! È questo! Non si sa come, li commette.

Giorgio: E non si potrebbe con la volontà non commetterli?

Romeo: Che parte credi che abbia la volontà nella vita? Puoi solo servirtene nelle poche cose, appena credi di sentirle o di saperle. Ti ci muovi e sbatti subito contro un muro, o ti perdi nel bujo. Che vuoi che si sappia?

Giorgio: Io so, per esempio, che tua moglie -

Romeo (*come infastidito*): Ma sì, insospettabile!

Pronto, con un lustro di sfida negli occhi:

Ecco, come la tua! Ti basta? Dico come la tua! Non so perché lei però mi si smarrisca così sotto gli occhi appena la guardo. È una pietà;

indicandola:

ecco, piange!

Ginevra (*ribattendo, indignata*): E una crudeltà!

Giorgio (*esortandola*): No, su, su, Bice!

Bice (*tra il pianto, indicando Romeo*): È per lui...

Romeo (*a Ginevra*): Senti? Dice che è per me; crudele per me (*a Bice:*) è vero? Ma tu non piangere, cara, perché forse sei la sola davvero, tu, a cui non è mai avvenuto nulla. Sai sempre tutto tu, di te, e puoi perciò sempre volere. Sei come uno specchio.

Ginevra: Come un'acqua marina, ha detto Giorgio, tersa e trasparente.

Romeo: Ecco, vedi? anche Giorgio. Tranne forse qualche volta che t'ho troppo seccata...

Bice: Ma no, mai! Lo sai bene!

Romeo: Oltre, eh, oltre quello che tu stessa sai! È là che si comincia, cara, e dove ci si smarrisce! dove non si sa più!

Ginevra (*con fiera asseveranza*): Bice non si è mai smarrita!

Romeo (*di scatto, indicando a Bice Ginevra*): Là, ecco, impara, come mi guarda fiera in faccia Ginevra, lei sì davvero insospettabile, tutta, tutta fin nei minimi più riposti pensieri, di suo marito.

Ginevra (*guardandolo quasi con odio*): Tu parli come un pazzo; ma non è vero; io non ti credo!

Giorgio: Già! Fin dal primo momento -

Ginevra: - ecco, lui è testimonio!

Giorgio: - l'ha presa così -

Romeo: - e se n'è indignata, naturalmente!

Bice (*quasi tra sé*): Come se capisca...

Ginevra (*subito cogliendo l'osservazione di Bice*): E tu no? vuol leggerti dentro, non vedi? E ti mette alla tortura.

Romeo: No, questo no: ti ho mai torto un capello?

Ginevra: Tu non sei pazzo; lo fai!

Romeo (*smorendo in una strana e inattesa tristezza*): Vorrei farlo per davvero, Ginevra! Sarebbe così comodo, sotto la maschera; ma non la reggo; me la levo.

Ginevra (*aggressiva*): E che fai allora? che dici? Guardi negli occhi? Guarda me! Io posso guardare anche te! Sì, innamorata, fin nei minimi più riposti pensieri, di mio marito. Che hai da dirmi?

Romeo: t'ammiro

Giorgio (*stordito*): Che c'entra questo?

Romeo: L'ammiro, Giorgio. È per farmi rientrare in me. Un buon metodo. Cimentarmi, per mettermi alla prova che non sono pazzo.

Giorgio: Sì, ho detto anch'io difatti che ti si doveva resistere.

Romeo: Ecco. Fate bene. Resistermi. Per la difesa delle leggi sociali, in questa nostra vita civile. Ma vi dico che io voglio scusare, scusare; non ho altro fine che questo; se no, non mi resterebbe più altro che andarmi a costituire.

Giorgio: Nientemeno!

Romeo: Fortuna, che tutta la vita è così! Non si sa come! E la volontà non ci può nulla! - Vorrei sapere chi ha detto che sono pazzo. Io no di certo. Io penso ora così, perché vedo: vedo.

Giorgio: Che vedi?

Romeo: Ciò che normalmente, quelli che sono savii, non sanno o non vogliono vedere.

Giorgio: Ma eri così savio anche tu, mio caro Romeo, fino a pochi giorni fa!

Romeo (*con leggerezza*): Eh, perché ancora non vedevo! Ora vedo. Ma non ne faccio colpa a nessuno, credetemi. - È proprio peggio vestirsi così pesante, perché poi si suda.

Giorgio (*stordito con le altre*). Si suda? Che dici?

Romeo (*staccando, con serietà piena di rimpianto e di ammirazione*): Tu hai detto, Giorgio, una bella sentenza: la vita è a patto di credere; non di sapere.

Giorgio (*sbalordito*): Io ho detto così?

Romeo (*senza far caso dello sbalordimento di Giorgio*): Non l'hai detto? Scusami; me lo son figurato, perché un marinajo deve pensare così.

Giorgio: Un marinajo? Perché?

Romeo: Perché conoscersi è morire.

Giorgio: E un marinajo non può conoscersi?

Romeo: Un marinajo crede.

Giorgio: Ah sì, per grazia di Dio, io credo.

Romeo: E io sudo, sudo: l'ho detto a casa, a Filippo, di non prepararmi un abito così pesante; (*a Bice:*) ma tu sai com'è... - Così, sempre, caro Giorgio: si scade alla fine nelle banalità più solite. Le cose che si fanno, che tutti sanno -

Voltandosi a Ginevra:

Senza rancore, Ginevra.

E va a sedere, appartato, sulla balaustrata del terrazzo.

Giorgio (*piano a Bice e a Ginevra*): Ma non connette!

Bice (*triste, avvilita*): Fa così; si mette a parlare tutt'a un tratto, senza nesso, di cose ovvie.

Ginevra: Lo facciamo tutti, se pensiamo d'improvviso o avvertiamo una cosa diversa o casuale. Forse lui sì, lo fa apposta per frastornare.

Pausa.

Bice (*costernata*): Che guarda?

Romeo (*che nel silenzio ha inteso*): Quest'incanto qua, cara. M'immagino sul tramonto. A lasciarsene prendere. Addio coscienza. Si naviga.

Giorgio: Sì, è bello.

Romeo: E il mare può anche essere un catino, se non ne scorgi più i limiti. Pare impossibile che ci siano sciagurati che han bisogno di vino o di droghe per annegare in paradisi artificiali, quando si vive così poco nella così detta coscienza - (ecco ti spiego come ora vedo) - continuamente rapiti fuori di noi da tutto il vago delle nostre impressioni, ebbrezze di sole in primavera, stupore di arcani silenzii, spettacoli di cielo, di mari, e le rondini, anche dentro di noi, di pensieri guizzanti, gli sbalzi a volo da un ricordo all'altro, al minimo richiamo fuggevole d'una sensazione. Pare ch'io ti stia ad ascoltare, e chi sa come ti vedo; t'ascolto, ti rispondo, sono con te, ma dentro di me, anche altrove, nell'arbitrario delle mie sensazioni che non potrei comunicarti senz'apparirti veramente pazzo. Cammino, mi vedo le cose attorno, le posso toccare, tocco, e non me ne viene più né un pensiero né un sentimento, forse neppure più una sensazione; le guardo e, dentro di me, i miei stessi pensieri, i miei stessi sentimenti, sono come ombre lontane; io stesso, lontano da me, perduto come in un esilio angoscioso. E puoi dire allora ch'io sto vivendo una vita cosciente? E ancora sono sveglio! E quando dormo? Metà della vita si dorme. E poi è sempre così: tutto incerto, sospeso, volubile; vacilla tutto; la volubilità della vita non rispetta neanche i muri fermi delle case nelle strade. E quando credi d'esserti fatta una coscienza e hai stabilito che ogni cosa è così o così, ci vuol così poco a farti riconoscere che questa tua coscienza era fondata su nulla, perché le cose, quelle che tu credi più certe, possono esser altre da quelle che credi; basta farti sapere una cosa, il tuo animo cangia d'un tratto, addio coscienza, diventa subito un'altra, e hai un bel tenerti fermo a tutte le tue certezze di prima; dove sono? Io credo che quando ci saremo liberati della vita, forse la più grande sorpresa che ci aspetterà sarà quella delle cose che non c'erano, che ci pareva ci fossero e non c'erano: suoni, colori; e tutto ciò che vi sentimmo, e tutto ciò che vi pensammo, e ce n'affliggemmo tanto o ne gioimmo tanto: tutto era niente; e la morte, questo niente della vita, come c'era apparsa; lo spegnersi di questo lume illusorio, caldo, sonoro e colorato, per migrare forse verso altre misteriose illusioni.

Giorgio: t'ascolto, sbalordito. Ma come? Tu, Romeo -

Romeo: - io, si, ti maravigli? e tu, Giorgio, qua su questo terrazzo, non hai il ricordo di qualche tramonto in cui sei rimasto in dubbio che non fosse più vero quanto ti circondava?

Giorgio: Sì, spesso; e con questo?

Romeo: Senza conseguenze?

Giorgio: No, che conseguenze?

Romeo: Eh, quando tutto t'è come non vero attorno, quello che fai può anche sembrarti non vero.

Giorgio: No, caro, perché se fai tanto di muoverti in quei momenti -

Romeo: - sai subito, già! e ti muovi perché già sai. Ma se l'incanto ti prende così forte, che non puoi più sapere quello che fai? Avviene! Avviene! Non sei più tu; non sai nemmeno dove sei, con chi sei; una donna è con te, su cui non hai mai fatto alcun pensiero; ma chi sa quanta gioja t'aveva dato la sola vista del suo corpo, vederla muovere, sentirla ridere, parlare. Non te l'eri mai detto, non l'avevi mai neppur pensato. Tutto fuori della tua coscienza. Un piacere soltanto per la vista, soltanto per l'udito.

Giorgio: Tu stai parlando adesso della Bice?

Romeo: No, no, tu sei un altro adesso; ti trasfiguro nella mia mente in un altro adesso, in un altro che le dice: «Ma voi non sapete come tutto il vostro corpo nel muoversi, e voi stessa nei gesti che fate involontariamente, date torto, date torto alle parole savie che dite!». - «Io? ma perché anche il mio corpo ama, mio povero Nicola; non voi, ma ama!»

Bice: Ricomincia, Dio, ricomincia!

Romeo: No, cara; è perché veramente può avvenire così, se non è mai avvenuto.

Bice (*con doloroso risentimento*): Sai che m'è avvenuto; e che io -

Giorgio (*ribellandosi per lei*): - ne ha riso con te!

Bice: - no, io non ne ho riso -

Romeo: - sì, sì, ne hai riso, ne hai riso! -

Ginevra (*indignata*): - non è vero! Meno di noi due, se mai! Tu ne hai riso!

Romeo: - io sì, eh altro!

Riattaccando, quasi con feroce godimento:

Però la gioja d'un corpo che s'è svegliato da sé, fremente, in segreto? Tu non ne hai coscienza. È lui, da sé, il tuo corpo, che s'è svegliato: come un albero! Tu hai solo una letizia leggera, quasi di foglie, improvvisa, non sai perché, che ti fa ridere di nulla, o una tenerezza che ti fa anche piangere di nulla

Bice (*sgomenta*): - io? -

Romeo: - sì, cara: e allora basta un momento!

A Giorgio:

Uno le prende le mani così

prende le mani a Bice

- la mossa è stata forse troppo brusca - lei le vuol respingere; ma ecco, fa solo il gesto dolce di restituirmele, e chiude gli occhi, tutto il viso le si chiude nell'abbandono

Bice (*quasi atterrita*): - ma no, io? quando? -

Romeo (*gridando*): - è il momento che non puoi più sapere, cara! Sa lui solo, ora, il corpo che non è più suo, e si muove da sé, certissimo, come chi ruba, in un attimo cieco. E poi non è più nulla.

Ginevra (*balzando in piedi, convulsa di sdegno*): Io non posso sentirlo parlare così!

Romeo (*subito: con perfidia*): Di Bice, eh?

Giorgio: Ma Romeo!

Romeo (*subito anche a lui*): Per scusare! L'incoscienza!

Ginevra (*fremente*): Ma chi ne parla? È una vergogna!

Romeo: Ci si ricompone subito, difatti! Non è più nulla!

Cangiando, con disperata intensità:

Ma che volete, allora, me lo dite? Se non accettate questa scusa, che volete? La condanna? la condanna? Tu sbalordisci, Giorgio, che parlo ora così? Ma è troppo! è troppo! Una volta, due volte!

Sono delitti, allora, sono delitti da scontare! Io li sto scontando così, impazzendoci!

Giorgio (*stordito, quasi con paura*): Che delitti?

Romeo: Veri delitti! Io ho ucciso! Lo vuoi sapere? Ho ucciso!

Giorgio: Tu, ucciso?

Romeo: Sì, sì, ucciso, ucciso - come in sogno, ma veramente ucciso! Ora è prescritto. Sono più di trent'anni.

Giorgio: Eri allora un ragazzo!

Romeo: Sì, un ragazzo.

Giorgio: Ma dici sul serio?

Bice: Delira!

Romeo (*subito a Bice*): No, è vero!

Poi, a Giorgio:

E tu del resto devi saperlo!

Giorgio (*trasecolato*): Io non so nulla!

Romeo: Delitto innocente. Come un sogno che ritorna. Tu capisci adesso, Ginevra? È per questo ritorno! Ritorno d'un sogno sepolto. Rimasto sogno per tanti anni, anche per me!

A Giorgio:

Non ricordi, nella nostra infanzia, di quel ragazzo di campagna che fu trovato morto all'alba, con la testa sfragellata, che tutto il sobborgo corse a vederlo, e tu volevi che corressi anch'io e io non volli?

Giorgio (*con stupore atterrito*): Fosti tu?

Romeo: Io. E non si seppe mai chi l'avesse ucciso. Non lo seppi più nemmeno io, subito dopo averlo ucciso. Capisci? Questo è orribile, e può avvenire! è avvenuto! Non sai come! Figùrati, per una lucertola.

Giorgio (*sovvenendosi*): Ah sì, sul lastrone - quella lucertola!

Romeo: Sì, ma anche perché ero non so in che animo, quella sera, per quella strada di campagna, in salita. Ti ricordi di Fox?

Giorgio: Sì, il cane che avevi allora in campagna.

Romeo: Era con me. Avevo sotto braccio i libri di scuola stretti nella cinghia. Non avevo trovato in casa mia madre, né nessuno; e avevo attraversato il sobborgo per salire sul poggio, in campagna. Vedo tutto. Non volevo pensare. Volevo esser lieto. Sai i ciottoli che gli asinelli alle volte si prendono tra gli zoccoli e li fanno ruzzolare per un tratto e poi, dove si fermano, stanno? Diedi un colpo a uno con la punta della scarpa: godi, vola! - L'erba che spunta sulle prode o a piè delle muricce, certi lunghi fili d'avena impennacchiati che fa piacere brucare: tutti i pennacchietti ti restano a mazzo nelle dita; si gettano addosso a qualcuno, e quanti se ne attaccano, tanti mariti (se è una donna) prenderà, e tante mogli se un uomo. Io feci la prova su Fox. Sette mogli. Ma Fox, vecchio stupido, chiuse gli occhi e rimase, senza capir lo scherzo, con quelle sette mogli addosso. Per dirti com'ero. Ma a un certo punto non ebbi più voglia d'andare avanti. Mi sentii stanco e seccato. Mi tirai a sedere sulla muriccia a manca della strada, e di là mi misi a guardare nel cielo la luna che cominciava appena ad avvivarsi d'un pallido oro nel verde del crepuscolo. La vedevo e non la vedevo, come le cose che mi vagavano nella mente e l'una cangiava nell'altra e tutte mi allontanavano sempre più dal mio corpo lì seduto inerte, che non me lo sentivo più; la mia stessa mano, se l'avessi veduta, posata sul ginocchio, mi sarebbe sembrata quella d'un estraneo; non ero più nel mio corpo, ma nelle cose che vedevo e non vedevo, il cielo morente, la luna che s'accendeva e là quelle masse cupe d'alberi che si stagliavano nell'aria fatta vana, e la terra sola, nera, zappata da poco, da cui esalava ancora quel senso d'umido corrotto nell'afa delle ultime giornate d'ottobre, ancora di sole caldo.

Giorgio: Sì, fu d'ottobre, ora ricordo bene, fu infatti d'ottobre.

Romeo: Ho tutto vivo qua, preciso; vedo tutto come se ci fossi ancora. A un tratto, tutto assorto come ero, chi sa che cosa mi passò per le carni, stolzai, e istintivamente alzai la mano a un orecchio. Sento stridere una risatina da sotto la muriccia. Un ragazzo della campagna s'era nascosto là sotto, dalla parte della campagna. Aveva strappato e brucato anche lui un lungo filo d'avena, gli aveva fatto un cappio in cima e, zitto zitto, con esso alzando il braccio aveva tentato d'accappiarmi l'orecchio. Appena mi voltai risentito, subito col dito m'accennò di tacere e tese il filo d'avena lungo la muriccia, dove tra una pietra e l'altra spuntava il musetto d'una lucertola, a cui con quel cappio egli dava la caccia. Mi voltai a guardare, ansioso. La bestiola, senz'accorgersene, aveva infilato da sé il capo nel cappio lì appostato; ma ancora era poco, bisognava aspettare che lo sporgesse un po' di più, e poteva darsi che invece lo ritraesse, se la mano che reggeva il filo d'avena tremolava e le faceva avvertire l'insidia. Forse era sul punto d'assaettarsi per evadere da quel rifugio divenuto una prigione. Attenti a dare a tempo la stratta; questione d'un attimo. Eccola! E la lucertola guizzò come un pesciolino in cima a quel filo d'avena. Saltai giù irresistibilmente dalla muriccia; ma quello, forse temendo che volessi impadronirmi della bestiola, roteò più volte in aria il braccio e poi la sbatté con ferocia su un lastrone che si trovava lì tra gli sterpi. - No! - gridai; troppo tardi: la lucertola giaceva immobile su quel lastrone col bianco della pancia al lume della luna. Ne provai un'ira grandissima. Avevo voluto anch'io che quella povera bestiola fosse presa, preso anch'io per un momento da quell'istinto della caccia che è in tutti agguattato; ma ucciderla così, senza prima vederla da vicino, negli occhietti vivi acuti fino allo spasimo, nel palpito dei fianchi, nel fremito di tutto il verde corpicciuolo; no, era stato stupido e vile. E avventai con tutta la forza un pugno in petto a quel ragazzo, mandandolo a ruzzolare in terra, tanto più lontano quanto più lui, così tutto squilibrato indietro, tentò di riprendersi per non cadere. Caduto, si rizzò inferocito, ghermì un toffo di terra e me lo scagliò in faccia; ne restai accecato e con quel senso d'umido in bocca che più mi seppe di sfregio e m'imbestialì. Presi anch'io di quella terra e la scagliai. Il duello si fece subito accanito. Ma lui era più svelto e più bravo, e mi veniva sempre più addosso, avanzando, con quei toffi di terra che, se non ferivano, percotevano sordi e duri e, sgretolandosi, erano come una grandinata da per tutto in petto sulla faccia tra i capelli agli orecchi e fin dentro le scarpe; soffocato, non sapendo più come ripararmi e difendermi, furibondo mi voltai, spiccai un salto e col braccio alzato strappai una pietra dalla muriccia. Qualcuno di là si ritrasse, sarà stato Fox. Scagliata la pietra, d'un tratto - io non so come - da che tutto prima mi sbalzava davanti agli occhi, quelle masse d'alberi, in cielo la luna come uno striscio di luce, ora più nulla, non si moveva più nulla, il tempo stesso e tutte le cose pareva si fossero fermati in uno stupore attonito intorno a quel ragazzo traboccato a terra. Ancora ansante, col cuore in gola, mirai esterrefatto, addossato alla muriccia, quell'incredibile immobilità silenziosa della campagna sotto la luna, quel ragazzo che vi giaceva con la faccia mezzo nascosta nella terra, e sentii crescere in me, formidabile, il senso d'una solitudine eterna, da cui dovevo subito fuggire. Non ero stato io; io non l'avevo voluto; non ne sapevo nulla. E proprio come se m'appressassi per curiosità, mossi un passo e poi un altro, e mi chinai a guardare. Il ragazzo aveva la testa sfragellata, la bocca nel sangue colato a terra nero e una gamba un po' scoperta -

Giorgio: - Sì sì, lo vidi, lo vidi anch'io così! un po' scoperta -

Romeo: - tra il calzone che s'era ritirato e la calza di cotone. Morto, come da sempre. E tutto restava lì, come un sogno, da cui dovevo svegliarmi per andar via in tempo. Lì, come un sogno, quella lucertola arrovesciata sul lastrone, con la pancia alla luna e il filo d'avena che le pendeva ancora dal collo. Io me ne andavo col mio fagotto di libri di nuovo sotto il braccio e Fox dietro, che anche lui non sapeva nulla. E a mano a mano che m'allontanavo, discendendo dal poggio, divenivo, sempre più, così stranamente sicuro, che non m'affrettavo nemmeno. Arrivai alla piazzetta deserta, dove avevano costruito da poco il grande ospedale, ricorderai -

Giorgio: - Sì, Sì.

Romeo: C'era anche lì la luna; mi parve un'altra, se ora li rischiarava, senza saper nulla, la bianca facciata dell'ospedale. Ed ecco la via del sobborgo, come prima. Arrivai a casa; non c'era ancora nessuno; mia madre non era ancora rientrata. Non dovevo dunque dirle neppure dov'ero stato. Ero stato là in casa ad aspettarla. Ecco. E questo, che sarebbe stato vero per mia madre, era diventato subito vero anche per me. Chiuso tutto. Sepolto. Non ero stato io. Cercai con terrore gli occhi di Fox. Dormiva. Non era stato nulla. Io non l'avevo voluto. Un sogno lasciato lassù, sotto la luna.

Bice, che ha ascoltato piangendo in silenzio il racconto, ha uno scoppio convulso e fugge via, sostenuta da Giorgio, nell'interno della casa.

Dimmi tu, Ginevra, fu delitto?

Ginevra (*turbata, commossa, piangente*): No, no sciocco, fai piangere anche me; se non l'hai voluto!

Romeo Ma l'ho commesso! È stato il primo!

Ginevra: Finiscila! Non devi averne rimorso! Io amo mio marito!

Romeo: Ma son due! È troppo! Sto impazzendo! Ho bisogno di credere che può accadere a tutti! a tutti!

Ginevra: Sì, anche a Bice! Sta' zitto!

Rientra Giorgio, chiamando:

Giorgio: Romeo, vieni! Bice si sente male! Ti vuole!

Romeo: Eccomi.

Si avvia verso l'interno della casa.

Giorgio (*fermando un momento Ginevra, impressionato*): Che cos'è?

Ginevra: Niente. È orribile. La povera Bice.

ATTO SECONDO

La stessa scena del primo atto. Pomeriggio inoltrato del giorno dopo.

Al levarsi della tela sono in iscena Ginevra e Bice. Apparirà dall'espressione del volto dell'una e dell'altra che il discorso tra loro è arrivato al punto più penoso. L'animo di Ginevra s'è indurito e quello di Bice invelenito.

Bice: No, no: bisogna che mi dica, Ginevra: tu devi aver capito qualche cosa.

Ginevra: Ma no, cara, te l'ho detto: niente più di te.

Bice: Non è possibile!

Ginevra: Non so spiegarmi proprio la tua insistenza. Che vuoi che abbia capito?

Bice: Ho quest'impressione. L'ho avuta subito.

Ginevra: Ah, forse perché t'ho detto (ma anche davanti a tutti e a lui stesso) che ti vuol legger dentro?

Bice: No. Questo l'avevo capito da me; non ci vuol molto! Dico di ciò che gli è accaduto!

Ginevra: E non l'hai sentito? Ti par poco?

Bice: Ma non questa cosa orribile del ragazzo: l'ha detta per scusa.

Ginevra: Scusa?

Bice: Ma sì! Vuoi fingere con me di non capire adesso più nulla?

Ginevra: Dici «scusa»! Scusa di che?

Bice: D'un altro delitto, recente, che senza volere deve aver commesso.

Ginevra: Tu supponi?

Bice: Ma l'ha detto proprio a te, Ginevra!

Ginevra: A me? Che altro delitto? No!

Bice: «Una volta! due volte! » ha detto così. «È troppo! Devo scontarlo? Lo sto scontando, impazzendo!» E tu non ci vuoi credere.

Ginevra: A un altro delitto, no, non ci credo.

Bice: Che sia pazzo, io dico. Ecco: prima di tutto, vorrei saper questo: perché non vuoi? Questo, tu sola, lo dicesti subito.

Ginevra: Scusa, Bice, hai l'aria d'esser venuta a farmi un interrogatorio.

21

Bice: No, non guardarmi male!

Ginevra: Io?

Bice: Sì, tu, mi guardi come lui.

Ginevra: Ma che dici! Io ti guardo perché non comprendo che cosa tu voglia da me.

Bice: Son venuta per cercare insieme con te; perché tu m'ajuti!

Ginevra: Non so che ajuto possa darti io.

Bice: Non puoi negare che per te non è pazzo.

Ginevra: Ah, vuoi saper questo? perché non lo credo? Quando lo dissi, non sapevo ancora veramente la storia che gli è avvenuta, di quel ragazzo.

Bice: Più di trent'anni fa!

Ginevra: Può far bene impazzire.

Bice: Dopo trent'anni? No!

Ginevra: È stato pure un delitto, involontario.

Bice: Ma ha potuto tenerlo trent'anni sepolto in fondo alla coscienza. Tutt'a un tratto lo confessa. È spaventoso. Perché?

Ginevra: E lo vuoi sapere da me?

Bice: Sì, quale altro delitto, Ginevra?

Ginevra: Mi sembra che mi guardi tu adesso, scusa, con gli occhi di lui, come se io te lo potessi dire.

Bice: Dev'essere stato, certo, dopo la tua partenza con Giorgio; subito dopo. Sai che se ne venne qua solo.

Ginevra: Sì, l'ho saputo. Ma dunque vedi? Se fu dopo, che posso saperne io?

Bice: No, perché la sciagura deve riconnettersi senza dubbio con qualche cosa avvenuta prima, prima, negli ultimi giorni là in villa.

Ginevra (*con intenzione di ritorcere*): Dopo la partenza di Respi, forse?

Bice (*comprendendo l'intenzione di Ginevra e reagendo con alterezza*): Io non posso assolutamente ammettere, Ginevra, che egli abbia potuto trovare un incentivo alla sua pazzia nella corte innocua di quel povero Respi.

Ginevra (*dura e recisa*): Hai torto a non ammetterlo.

Bice: Ah, dunque a te pare ... ?

Ginevra: A me no, se tu lo neghi.

Bice: Certo che lo nego! Ma mi stupisce che tu possa credere così.

Ginevra: Io? No.

Bice: Che ho torto a non ammetterlo.

Ginevra: Ah, ma io dico per lui, che lui deve crederlo ammissibile.

Bice: Deve? perché?

Ginevra: Perché ha forse bisogno, lui, di crederlo.

Bice: Che io ... ?

Ginevra: No; che ciò che è potuto accadere a lui -

Bice (*interrompendo*): Ah, dunque vedi che qualche cosa gli è accaduta? Prima l'hai negato!

Ginevra (*irritata*): Ma niente affatto, non ho interesse a negar nulla io! dico di ciò che gli è successo con quel ragazzo: per un caso, senza volerlo, in un accecamento; questo dico che ha bisogno di credere! Ciò che è potuto accadere a lui in queste condizioni, può accadere a tutti; e l'ha detto!

Bice: A chi l'ha detto?

Ginevra: Oh Dio, l'ha lasciato intendere in tutti i modi! Perché non è pazzo, Bice, credi a me; forse sta impazzendo; ma dice che vuol scusare, non hai inteso? chi? prima di tutti se stesso, di quel delitto che poi ci ha confessato.

Bice: No, non di questo soltanto!

Ginevra: Ma certo, anche d'un altro che può aver commesso, se vuoi te l'ammetto; e come lo vuol scusare? credendo appunto che può capitare a tutti di commettere senza volere, che so? le cose più impensate.

Bice: Che io con Respi ... ? No, Ginevra! Questo non è possibile che lo creda!

Ginevra (*fredda*): Bisogna che tu lo convinca.

Bice (*colpita*): Ah, mi dici così?

Ginevra: Come vorresti che mi dicessi? Non ci vedo altro mezzo. Te lo direi.

Bice (*con sfida*): E tu - tu potresti ajutarmi?

Ginevra (*fingendo di non accorgersene*): Io? a convincerlo?

Bice (*ancora più aggressiva*): Sì, tu - tu! - della mia innocenza.

Ginevra (*con aria stupita*): Perché no? È curioso: me lo domandi come se avessi l'idea

Bice (*pronta*): - che tu non potresti, sì!

Ginevra: Ma che dici! t'abbiamo ajutata tutti qua, mi pare; ci siamo messi tutti contro di lui, e io più di tutti, l'hai visto! ci è parso non solo ingiusto ma da pazzo un simile sospetto per te.

Bice: Ah, ora dici da pazzo? Ma se sostieni che ho torto - io, torto - a non ammettere in lui un simile sospetto! Hai detto proprio così! Vedi come ti contraddici?

Ginevra (*seccata*): Oh insomma, che vuoi da me, Bice? Io t'ho detto, secondo i discorsi che lui fa, le mie impressioni. E non posso ajutarti in altro modo. È cosa che devi vederti tu con lui. Giorgio domani parte. Mi dispiace, capirai, che in questi due ultimi giorni di riposo (*si alza*) e proprio fino al momento stesso della sua partenza

Bice: - tu mi mandi via? -

Ginevra: - no, scusa, non mi sembra giusto che Giorgio sia turbato! Siete venuti tutti qua, come d'assalto, appena siamo arrivati; prima Respi, con la notizia subito pronta -

Bice: - poi io -

Ginevra: - ma sì, poi tu e poi lui: è una disgrazia, capisco, e ti compiangiamo, credi! non ti dico quanto, Giorgio; ma io, e tanto meno lui, non c'entriamo! Scusami se ti parlo così, ma tu sei tornata anche oggi, non so, quasi ad aggredirmi, a farmi un obbligo d'ajutarti a capire! Io non so nulla. Non ho nulla da dirti. Lasciatelo per carità partire in pace!

Entra Romeo Daddi; sembra allegro.

Romeo: Ma non c'è Giorgio? Dov'è?

Bice (*alzandosi, rigida, pallidissima, convulsa*): Andiamo, Romeo, andiamo!

Romeo: Perché? che cos'è? Son venuto a scusarmi di jeri e a salutarlo.

Ginevra (*seccamente*): Non c'è. È andato a prendere gli ordini di servizio per la partenza, e forse tarderà.

Bice (*a Romeo*): Andiamo, andiamo. Lei ci manda via.

Romeo (*a Ginevra, stordito*): Tu?

Ginevra: No. Le ho detto che non è giusto - e sono sicura che tu lo comprenderai

Romeo: - riparlare davanti a lui - ma sì! son venuto, ti dico, a scusarmi.

Bice (*a Romeo, insorgendo con ironico dispetto*): Perché comprendi tu ora -

Romeo (*stupito a Bice*): - ma Bice, che cos'è?

Bice: Eh già: ho capito!

Ginevra (*a Romeo*): Io non so che abbia!

Bice (*a Romeo*): Con lei non sei più pazzo; solo per me lo fai e non comprendi; e lei non ti dà torto; anzi dà torto a me e mi manda via!

Ginevra: (*a Bice*): Ma perché non gli dici che tu ... ?

Romeo (*a Bice, aspramente*): Sei venuta a farle una scena di gelosia?

Ginevra (*subito negando, urtata*): Ma no! Che dici di gelosia!

Bice (*pronta e fiera*): Sì, non lo negare!

Ginevra (*fingendo di cader dalle nuvole*): Tu, di gelosia?

Bice: Sì, sì, io t'ho accusata!

Romeo (*subito*): Sta' zitta, sciocca!

Ginevra: Accusata? Non me ne sono accorta!

Bice: Sì, che te ne sei accorta!

Ginevra: t'avrei cacciata via prima!

Bice: Hai finto sempre di non capire e ti sei continuamente contraddetta!

Romeo (*a Bice*): Ti dico di star zitta!

Bice (*c.s., a Romeo*): Eh già, e tu vieni ora a scusarti! Ecco qual è l'altro delitto, di tutt'e due insieme: tu hai tradito il tuo fratello, con lei che era mia ospite!

A Ginevra:

È il tuo complice! E lui ne sta impazzendo, e tu neghi,

Ginevra (*a Romeo, ridendo male*): S'è contagiata, s'è contagiata della tua pazzia, perché tu hai accusato lei con Respi.

Bice: Ah lo so, vorreste che fosse vero, per insudiciare anche me, in qualche modo, della vostra colpa!

Romeo (*premendosi le mani agli orecchi come se si sentisse fracassare la testa*): Sciocca, sciocca, taci, non è colpa! non è colpa! tu non puoi capire!

Bice: Ho capito, invece, benissimo.

Romeo (*c.s., seguitando*): - sei innocente tu! a te non potrà mai accadere! solo da pazzo t'ho potuto accusare! e lei fa bene a negare! perché non è stata colpa, no! io non ho tradito! lei non ha tradito!

Ginevra (*a Bice, trionfante*): Ecco che te lo dice lui stesso!

Bice (*con esasperazione di rabbia*): Ma se già confessate!

Ginevra (*impronta*): Chi? io? Io non ho nulla da confessare!

Romeo (*con fermezza*): Nulla, è giusto, nulla che sia da confessare!

Bice: E invece dovrebbe!

Romeo: A chi, sciocca? che cosa? non t'ha fatto orrore sentirmi confessare quel mio delitto da ragazzo?

Ginevra (*sempre più impronta*): Comodo, già! dopo trent'anni, già prescritto.

Romeo (*a Bice*): La senti? Lei può perfino pensare ch'io abbia aspettato la prescrizione.

Ginevra: E chi lo sa?

Romeo: Ma sì! Tanto sei sicura!

Ginevra: Il tempo pare calcolato.

Romeo (*stupefatto; dopo una brevissima pausa*): È incredibile! Per questo, vedi, Bice, per questo io posso sospettare anche di te.

Bice (*con sdegno, anzi schifo*): Questa è improntitudine!

Romeo (*subito, forte, come chi veda non compreso e falsato il senso del suo pensiero*): No! No!

Ginevra (*a Romeo*): Non mi lascerai insultare in casa mia!

Bice (*c.s.*): Se osi ancora negare!

Romeo (c.s.): No! Ti ho detto che lei ha tutto il diritto di negare!

Bice (*ironica*): Sì, e di lasciarti così sospettare anche di me! che posso aver commesso anch'io il suo stesso delitto!

Ginevra (*a Romeo*): Ma che delitto, falla tacere!

Bice: Quest'altro, che gli ha fatto rievocare il primo! Non è così? Vedi che io ho capito?

Romeo: No, Bice, se ti fa capir la gelosia, no! Con la gelosia, tu non potrai capire!

Ginevra (*ironica*): La gelosia...

Bice (*andandole incontro con le pugna strette, rabbiosamente*): Ma confessa!

Romeo (*gridando, a Bice*): Non può! non deve!

Bice (*a Romeo, quasi piangendo dall'esasperazione*): Ah devo essere io allora a confessare un delitto che non ho commesso?

Ginevra (*in faccia a Bice, gridando*): Ma neanch'io! Se tu vuoi ajutarlo, confessalo tu, che sei sua moglie!

Bice: Eh già, perché lui da te non può pretenderlo: sei sua complice! - Anche la derisione?

Romeo: Non complice, Bice! Vittima con me! Finiscila di sospettare delitti! Non è delitto! Non sarebbe neanche per te, se l'avessi commesso! E non è da confessare, è da seppellire: si seppellisce da sé, come s'è sepolto in me, il primo, per trent'anni, non per calcolo, proprio da sé, di nascosto dalla nostra stessa coscienza che non vuole arrossirne, perché non è cosa che la riguardi, e la coscienza non deve dunque neanche saperla. Non dobbiamo saperne più nulla nemmeno noi stessi.

Indicando Ginevra:

Ecco, come lei! - La ragione per cui io sto impazzendo, è vero, lei dovrebbe saperla

Ginevra: - io non so nulla -

Romeo (*a Bice*): - e dice invece che non la sa! Dovrebbe essere pure in lei questa stessa ragione d'impazzire -

Ginevra: - ma niente affatto! io non ne ho nessuna! -

Romeo (*di nuovo a Bice, indicandola*): - la senti? Non ne ha!

Bice: Ma la so io, ora, Romeo!

Indica Ginevra:

La vedo!

Romeo: No! No, se credi che sia lei! No! È per ciò che è avvenuto a noi due!

Ginevra: Tu sei pazzo!

Romeo: A me e a lei, sì.

Bice: Lo so!

Romeo: Ma non come tu immagini, no! perciò ti dico che non puoi capire Senza averlo mai pensato prima! senza poterlo più pensare dopo.

Indica di nuovo Ginevra:

Ecco: così! - Vedi come te ne parlo? Come te lo posso dire?

Ginevra: Ripiglia a delirare.

Romeo: Non ha colpa, lei, Bice, e neanche io. Ma è appunto per questo. Fu quella mattina, pochi giorni fa, che tu andasti dalla villa a Perugia per compere.

Ginevra (*gridando*): Ma che fu? Non fu nulla! Tu ricordi; io ho tutto dimenticato, subito! Per me è come se tu m'avessi sorpresa un momento con mio marito! L'imbarazzo d'un attimo e basta!

Romeo (*a Bice*): Ecco, vedi? Per lei è così. Ti sei potuta infatti accorgere di nulla, tu, al tuo ritorno? Dillo! Dillo!

Bice: No, di nulla.

Romeo: E neanche noi, quasi di nulla, come ciechi!

Bice: Andai a Perugia, quella mattina, proprio per Giorgio, per il suo arrivo già annunziato.

Romeo: Sì, e per questo lei ha ragione! Sappiamo bene io e tu l'ansia, l'ardore, con cui lei aspettava l'arrivo imminente di Giorgio; ne parlavamo tante volte insieme...

Ginevra (*scoppiando in una fiera commozione*): E dunque, se lo sapevate, se ne parlavate, perché ora mi torturate? Io non ho amato che lui! Io non ho desiderato che lui! Tutta la mia ansia e l'ardore sono stati per lui! Io non ti conosco! Tu non puoi sapere nulla di me! (*A Bice:*) Sta impazzendo veramente per te, Bice, per te, per te, non per me!

Bice: Per rimorso?

Romeo: No, che rimorso! Non vuoi proprio intendere allora? Appunto perché senza rimorso!

Ginevra (*a Bice, con altro tono*): Ti giuro che io, quella mattina, accompagnandoti fino al cancello con lui, sotto quella vampa di sole maledetto, avevo tutto quel mio ardore soltanto per Giorgio, per Giorgio, tanto da farmi venir meno, io non so, non m'era mai avvenuta una cosa simile! tutto il sangue che mi bolliva! Tu desti a lui, salendo sull'automobile - fammi dir tutto, ora, Bice, fammi dir tutto! - gli desti un bacio; e io me lo sentii vivo sulle labbra, come se mi fosse dato; e poco dopo averti veduta partire, riattraversando il giardino io e lui, tra lo stridìo di tutte quelle cicale che stordiva e tutti quei fiori come impazziti nel sole, lui mi disse non so che cosa, e io nel tentare di rispondergli avvertii che la mia voce era bassa e che egli per quella mia voce si rendeva conto del mio stato -

Romeo: - Sì, sì - ma non io, non io -

toccandosi il petto

questo come sono ora - io com'ero, un altro, e tu qual eri, un'altra - non più noi, non più noi nel sole! Un bisogno di rientrare in villa; la stranezza di non poter più fare a meno di metterci a sedere accanto, attratti, come forzati -

Ginevra: - le persiane serrate; gli scuri accostati -

Romeo: - fu quella frescura d'ombra immobile -

Ginevra: - sì, l'unica sensazione che potei avere, rientrando, di cui mi ricordi; ecco, l'ebbe anche lui

Romeo: - ma per forza, altrimenti non si spiegherebbe più nulla: non eravamo più due! non eravamo più noi! presi nel sole e in quel divino accecamento, tutto annullato, senza più coscienza, chi fosse lei per me, chi fossi io per lei, in quel vuoto là preparato per attrarci in un attimo -

Ginevra: - senza averci mai pensato, te lo giuro, né io né lui, mai, mai; così, ciechi, così, Bice, te lo giuro! È questa la cosa orribile!

Romeo (*allibito ribattendo*): No, l'indegnità nostra, che non ce la fa accettare, non ce la fa nemmeno comprendere, perché diventa subito orribile nella vita, il delitto più infame, che la coscienza inorridita respinge. A volerci restare, nella vita,

28

ecco, bisogna fare così, come lei

indica Ginevra

che non ne sa più nulla, e ha il coraggio di gridarmi in faccia: Non ti conosco, io non ho amato che lui, non ho desiderato che lui.

Ginevra (*con un grido*): Ma è vero! è vero!

Romeo: È vero, sì, è vero! Non sono stato io! Non ha desiderato me, né io lei! Io non so nulla di lei: nulla! Un gorgo che s'è aperto tra noi all'improvviso, e ci ha afferrati un attimo e travolti, e subito richiuso, senza lasciar traccia di sé. La nostra coscienza è tornata subito uguale. Non abbiamo più potuto pensar nulla, neppure un momento, a ciò che era accaduto; scappammo uno di qua, uno di là, storditi; appena soli, questa cosa incomprensibile, incomprensibile: la chiusura, ferma come una pietra, della nostra coscienza; neppure un'ombra di rimorso, nulla: finito tutto; sparito; il segreto d'un attimo, sepolto per sempre: accaduto e svanito, come in un sogno; appena svegliati, alla vista di noi stessi, non più da ammettere: l'incredibile, ecco; o se no, uccidersi, ma non era da ammettere neanche questo, per una cosa a cui veramente, veramente non potevamo più credere noi stessi, non solo davanti a te, quando poco dopo ritornasti, ma anche davanti a noi stessi, l'uno lì di fronte all'altra, che potevamo guardarci in faccia; parlarci come prima, tal quale. E anche adesso! È questo, questo, non la colpa che nessuno di noi due pensò di commettere; ma il pensare che questo può accadere: che una donna onesta,

indicando Ginevra

come lei è ancora da stimare, Bice, innamorata, innamorata di suo marito, in un attimo, senza volerlo, nel sole, in questo rapimento del sole, per un improvviso agguato dei sensi, per la complicità misteriosa dell'ora, del luogo, preparata incoscientemente dalla lunga attesa, cada nelle braccia di un uomo; e un minuto dopo, richiuso il gorgo, sepolto il segreto, nessun rimorso, nessun turbamento, nessuno sforzo per mentire di fronte agli altri, di fronte a se stessa. Aspettai un giorno, due, tre, non mi sentii neanche io rimuover nulla dentro, né in tua presenza né in presenza sua; vidi lei, ritornata subito così, qual era prima, tal quale, con te, con me -

Ginevra: - un solo terrore io ebbi, che ti potessi smarrire, tradire all'arrivo di Giorgio; ma quando ti vidi buttargli le braccia al collo per abbracciarlo come un fratello, mi sentii sollevare tutta, felice, e piansi di gioia come per una liberazione: era tutto veramente finito!

Romeo (*sconvolto al ricordo di quell'abbraccio, non potendo più resistere*): No no! No no! Ah, io non posso, io non posso, come te! No no! Bisogna che trovi, io, bisogna che trovi la mia condanna! la mia condanna! la mia condanna!

E se ne va.

Bice (*disfatta, quasi implorando, voltandosi verso lui che se ne va*): Ma ci sono anch'io qua! ci sono anch'io! ne parlate davanti a me! Non sono più niente io?

Ginevra (*piano, affettuosa, in tono d'esortazione*): Lascialo andare, Bice! Ha parlato per te! Gli passerà! Ora s'è alleggerito. Vedrai che gli passerà. Questa, vedi, questa è appunto la prova che è per te, Bice, proprio per te!

Bice: Perché non sentite rimorso voi due?

Ginevra: Sì, sì, proprio questo! Vide come io accolsi mio marito; lo vedesti anche tu, con che gioja, perché io amo Giorgio, l'amo come non si può amare di più; e allora l'abisso in cui giustamente il nostro segreto è sprofondato per sempre l'ha attratto e gli ha travolto la ragione, pensando a te, subito a te; che forse anche tu -

Bice (*aprendo le braccia, disperata*): - io ti prego di non parlare di me! -

Ginevra: - ah Bice, non ti sarà mai accaduto, io ti credo! ma io e lui sappiamo per prova che è possibile, e che come è stato possibile a noi, può essere a chiunque!

Bice: A me no! a me no!

Ginevra: Ma io non sono da meno di te, Bice, e lui sta impazzendo! Perché vuoi negargli di pensare che qualche volta, ritornando a casa, trovandoti sola con un suo amico -

Bice: - ma che dici! questa è pazzia! Io?

Ginevra: - in un attimo!

Bice (*smarrita nello stupore*): - e potrebbe essere un conforto per lui supporre che anch'io ... ?

Ginevra: - no, no, è per spiegarti appunto la sua pazzia! il bisogno che ha di pensarlo, allo stesso modo che poté accadere a lui e a me; e che tu possa perciò chiudere in te, così limpida, senza mentire neanche a te stessa, lo stesso segreto ch'io chiudo in me e nascondo senza mentire a mio marito. Questo pensiero, vedi? appunto questo pensiero gli è entrato in mente!

Bice (*sopraffatta dallo sgomento e cominciando ad ammetterlo*): - ma come è possibile! come è possibile!

Ginevra: - Sì, sì, ha cominciato a rodergli il cervello, nel vederti aliena, lieta, amorosa con lui, com'io sono con mio marito; s'è messo a pensare: «Eppure questa donna che ora è così con suo marito, è stata per un momento tra le mie braccia; e forse anche mia moglie dunque, per un momento ... ». - Ah, zitta, Bice! zitta per carità!

S'è sentita di là la voce di Giorgio.

Giorgio (*dall'interno*): Ginevra! Ginevra!

Ginevra (*quasi insieme*): Giorgio! Eccomi!

È un'altra: voce, volto, animo: un'altra. Stupore di Bice, che, alla subita trasformazione di Ginevra, quasi annichilita, si convince. Entra Giorgio.

Giorgio: Ah! sei qua con Bice?

Ginevra (*quasi in un ilare vaneggiamento*): Sì, Bice... Bice sa che è l'ultimo giorno perché tu domani parti...

Bice (*si alza, e con voce quasi spenta*): Vado.

Ginevra: No!

Giorgio (*simultaneamente*): Nient'affatto!

Ginevra (*seguitando*): - non dicevo per questo!

Bice: Devo andare, lo sai; ma dovevo anche venire -

Ginevra (*pronta*): - per salutare Giorgio, certo!

Giorgio: Ma c'è ancora tempo per salutare! c'è ancora tutto domani! parto domani sera. - E Romeo?

Bice: Non so... Era qua, poco fa, forse tornerà, dovrà salutarti anche lui...

Giorgio: Si sarà calmato, spero.

Bice (*subito*): Sì sì.

Giorgio: Ma chi avrebbe mai potuto immaginare! Sono ancora tutto sconvolto di ciò che ci ha rivelato jeri.

Bice: Sì sì, s'è calmato. Non ci pensare più.

Giorgio: Vuoi che non ci pensi per non guastarmi quest'ultimo giorno che passo intero qua con Ginevra?

Passa un braccio attorno al collo di Ginevra.

Si sta così poco insieme.

Ginevra: Ora avrai sbrigato tutto, spero!

Giorgio: Sì, tutto; e starò con te, non mi moverò più di casa fino a domani sera. Sei contenta?

A Bice:

Con questa benedetta vita di marinaj... E con lei poi che, come vedi...

Ginevra (*interrompendolo*): Basta, Giorgio...

Giorgio: Sì, basta, basta. C'è questo almeno nella vita, e guaj se non ci fosse! che ci fa dimenticare di tutto. E vedrai anche tu, Bice, vedrai che dimenticherai tutto anche tu, quello che ora stai soffrendo, appena questo turbamento, che non può essere che momentaneo, di Romeo, passerà. Io non so come gli è potuto venire in mente di rievocare -

Bice (*troncando*): Lasciami andare, Giorgio. Sì, spero anch'io che gli passerà. Ti lascio con Ginevra.

Ginevra: Ma no, cara!

Bice: Ti sono grata di ciò che m'hai detto. Ho compreso tutto. Basta vederti così con Giorgio, e mi è ora tutto così chiaro.

Giorgio: Che cosa?

Bice.- Niente. La ragione, Giorgio, la ragione perché lui - sì - può sospettare di me.

Giorgio: Non capisco. Non sei stata sempre così amorosa tu con lui?

Bice: Sì, ma mi sono comportata male con Respi, sai? Forse perché non gli davo importanza, mi sono... sì, mi sono compiaciuta della sua corte...

Giorgio: Oh va' là, per ridere!

Bice: Ti dico che io non ne ho riso. No no. O ne ho riso male, quasi sentendomene offendere. Era per me, non so, un tenero calore che credevo di poter chiamare ancora amicizia, pur sapendo che non era; e forse mi son fidata troppo di Romeo, del suo riderne; perché non credetti di doverlo tenere come un segreto per me sola.

Giorgio: Ma non gli può durare un simile sospetto: è ridicolo! Tanto più che sei stata franca con lui: gliel'hai detto!

Bice: Forse non dovevo dirglielo. Mentre io, proprio in quei giorni, patii l'aggressione di Respi, Romeo fu testimonio dell'ansia, dell'ardore con cui Ginevra aspettò tutto il tempo il tuo arrivo

Ginevra (*guardandola ferma negli occhi*): - ne fosti testimonia anche tu -

Bice: - sì, cara, chi lo può negare? ti vedo bene come sei con lui! Mi sento come annichilita.

Giorgio: Oh poi!

Bice: Ma sì, Giorgio. Non dovevo dirgliene nulla. Sono stata una sciocca. Dovevo mettere a posto Respi, come ho fatto. Ma dare a lui, anzi, l'impressione -

Giorgio: - di che cosa?

Bice: - è, pare, l'unico modo d'ajutarlo, Giorgio; che si possano commettere delitti senza volerlo -

Giorgio (*strabiliato*): - che tu con Respi ... ? oh dico, non vorrai impazzire anche tu?

Bice: - no, lui solo, per ora, ne sta impazzendo...

Ginevra (*tornando a guardarla ferma negli occhi*): Non sono cose che si possano fare di proposito, Bice, volendolo! Allora sì diventano veramente delitti.

Bice: Sì, sì, hai ragione, l'impossibile, l'incomprensibile, l'inconfessabile: ci vuol questo per lui, per ajutarlo, la cosa più inverosimile, che so! che io e tu, Giorgio -

Ginevra: - ecco, proprio questo, per esempio -

Giorgio (*stordito*): - ma che dite?

Bice (*eccitata, estrosa, per istintivo bisogno di vendetta*): - presi in un gorgo di follia, Giorgio, in un attimo d'assoluto accecamento: questo! questo! come lui poté uccidere quel ragazzo! ha bisogno di questo lui! Ma sarebbe anche più inverosimile con Respi! Non dovevo, non dovevo riderne! Ma lasciarglielo sospettare. Lo sospetta ancora, per fortuna! Io sono una sciocca a mostrarmene afflitta, ad averne paura. Se voglio ajutarlo, devo lasciargli credere -

Giorgio: - che cosa? l'assurdo? che io con te ... ? -

Bice: - l'assurdo, sì, l'assurdo, Giorgio! che questa cosa impossibile sia potuta avvenirmi, senza ch'io sappia come, tanto da non sentime alcun rimorso -

Ginevra (*c.s.*): - questo sopra tutto! -

Giorgio (*a Ginevra, trasecolato*): - ma sei stata tu a suggerirle una simile enormità

Bice (*subito c.s.*): - no! no! l'ho capita io ora, in un lampo! L'hai sentito anche tu, com'egli ora vede: che le cose più impossibili, più impensate, accadono, e non se ne sa nulla, i veri delitti, chiusi, sepolti dentro; la fronte è dura; non ci si legge. Io non devo abbassare più il capo davanti a lui come una colpevole. Non è colpa, se non s'è voluto. È quello che lui sostiene. L'incoscienza. Se lui ha ucciso, non è vero, Ginevra?

A Giorgio:

E non hai inteso anche tu, che non me ne farebbe una colpa? Come potrebbe, con un'esperienza come la sua? Sì, sì, bisogna, bisogna che io l'ajuti così!

Giorgio: Ma come, mentendo?

Bice: Mentendo, se a me per disgrazia non è accaduto mai nulla!

Giorgio (*severo e minaccioso*): Se tu tenti di fare una cosa simile, io te l'impedirò!

Ginevra (*istintivamente*): No! tu...

Giorgio: Io! io!

Bice: Tu non devi immischiarti.

Giorgio: E invece m'immischierò; gli dirò tutto; che vuoi mentire per ajutarlo, dandogli a credere una cosa non vera!

Bice (*dopo una pausa, fredda, ambigua, voltando il capo a guardarlo*): Che ne sai tu?

Giorgio (*Stupito*): Come, che ne so io? Stai finendo di dirlo tu stessa!

Bice: Ma perché proprio a te non posso confessarla, Giorgio!

Giorgio: Proprio a me? che significa?

Bice: Ginevra lo sa. E sono sicura che non lo confiderà mai a nessuno. Tu puoi stare tranquillo, Giorgio, partirtene tranquillo. Dirò io tutto a lui, tutto quello che debbo dirgli per mettergli l'animo in pace. Lasciami fare. Ginevra m'ha ajutata a comprendere tante cose.

Giorgio (*risentito, sentendosi escluso*): Ah, se sei venuta a dirle cose che io non debbo sapere!

e s'avvia per rientrare in casa.

Ginevra (*per trattenerlo*): Ma abbiamo finito!

Bice: Io vado!

Giorgio: Non voglio saper nulla! Non voglio sapere più nulla!

Giorgio, via.

Bice (*dopo una pausa, lentamente*): È da sbalordire, come tu puoi essere così, davanti a lui; io non potrei, non potrei...

Ginevra (*affettuosa, commossa, riconoscente*): Ma sì, anche tu, Bice, anche tu! Siamo donne, noi, e difendiamo a qualunque costo la vita. Loro sono uomini, e si fanno di tutto un caso di coscienza per travagliarsene lo spirito. Se lasciassero in pace la vita, sanarsi da sé, dove ci ha ferito; risolvere da sé, anche le cose orribili che ci può dare! Pensa quante, e noi le sopportiamo! Loro non potrebbero. Ne impazzisce lui! Io amo Giorgio, Bice! Lo vedi? lo vedi come l'amo? Sii misericordiosa! Comprendi! Comprendi, anche se lui, facendo così, tormentandoti, dimostra di non amarti! Non lo fa certo per me! Mi rovina! Mi uccide!

Bice: Lui ha coscienza.

Ginevra: Rovina tutti! Uccide tutti! Pensa se Giorgio, per questa sua pazzia, venisse a scoprire! Sei venuta a scoprirlo tu, e Dio sa come t'ha ferito, ma vedi? tu che sei donna, tu sopporti e vuoi salvare, tu che lo ami, la sua e la tua stessa vita! Io quella di Giorgio e la mia, sì, anche la mia! - Oh Dio! chi è? Respi?

Bice: Viene a proposito!

Si sono udite dall'interno, infatti, parole concitate, confuse, di Respi e di Giorgio. Entrano Respi e Giorgio.

Respi: No, no, meglio se è qui, meglio se è qui!

Bice: Sì, meglio, Respi, che vi trovi qui.

Giorgio (*seguitando nella sua azione di volerlo mandar via*): Ma nient'affatto! Tu devi andare!

Respi (*eccitatissimo, esasperato*): No! A una spiegazione, chiara, esplicita definitiva - bisogna pur venire!

Ginevra: Ma non qua, non ora, Respi! Risparmiatelo! Egli domani parte!

Giorgio: Ma no, non è per questo! È perché io non posso permettere -

Bice (*interrompendolo*): Tu non c'entri, Giorgio!

Giorgio: No, no, in casa mia, sotto i miei occhi no!

A Respi:

E io ti prego d'andartene e di lasciare in pace in casa mia Bice!

A Bice:

E se tu poi -

Ginevra (*a Bice, simultaneamente*): - sì, sì, per carità, Bice! Comprenderai che alla sua presenza -

Giorgio: - vuoi che assista a una simile pazzia? e che la permetta? No!

Respi: Ma è necessario!

Bice (*arrendendosi*): Sì, Giorgio, vado, vado.

Giorgio (*voltandosi aspro a Respi*): Che è necessario? che tu rovini ... ?

Respi: No! Anzi, al contrario! Spiegare

Giorgio (*interrompendolo*): Lo spiegherai a lui!

Respi: A lui non è possibile. Aggredisce, mi provoca in tutti i modi -

Giorgio (*sorpreso e costernato*): t'ha provocato?

Respi: Sì, ora, al Circolo, e sono venuto qua da te apposta! perché gli faccia intendere, come puoi tu solo -

Giorgio (*alzando le braccia, spazientito*): - io! io! io!

Ginevra: - è sul punto di partire!

Respi: Ma io non posso, perdio! lasciarmi ancora provocare così, davanti a tutti, con la derisione! Rompergli in faccia? Se egli non si cura più del rispetto in cui dev'esser tenuta una donna... Bisogna che ti metta di mezzo tu, Vanzi, credi, è necessario. Io vi ho detto jeri qua tutto. Ma vedete che è proprio per me?

Bice: No, no, non è per voi, Respi!

Respi: M'ha aggredito! come non è per me?

Bice: Ma la colpa è mia. Non dovevo dir nulla. Riconosco il mio torto.

Respi: Io non sapevo di trovarvi qua, Bice! Ma è bene che ora diciate tutto anche voi, e che sia finita. Oaltrimenti io non rispondo più di me!

Entra di furia Romeo Daddi.

Romeo (*diretto a Respi*): Ah sei qua?

Giorgio (*cercando subito di trattenerlo*): Romeo!

Ginevra (*quasi tra sé*): Oh Dio mio!

Bice: Per carità, Romeo!

Romeo (*svincolandosi dai tre che lo attorniano*): Lasciatemi!

Respi (*facendosi avanti*): Bada che la mia sopportazione

Romeo: E avanti, paladino...

Giorgio (*facendosi subito in mezzo*): Finitela, insomma, in casa mia!

A Romeo:

Non sarai venuto qua ad aggredirlo!

Romeo: E no! Se viene a farsi riparo delle donne!

Respi: Quello che tu fai è indegno!

Romeo: Ah si? Quello che faccio io? Perché tu le difendi le donne?

Respi (*a Giorgio*): Ah senti! faccio quello che ogni uomo d'onore -

Romeo (*interrompendolo, con un ghigno*): Ma sì, d'onore!

A Bice:

Ti difende, lui! Ti va difendendo da per tutto!

Respi: E non dovrei farlo?

Ginevra (*piano, esasperata, a Respi*): Ma non lo cimentate!

Romeo (*seguitando, a Respi*): Eh altro! È il tuo dovere d'uomo d'onore!

A Bice:

Che non gli hai concesso nulla tu, nemmeno un bacio, è vero?

Con furba domanda repentina:

Forse un bacio si?

Bice (*supplice*): Ma Romeo!

Giorgio: È veramente incredibile!

Romeo (*rispondendo all'esclamazione di Giorgio come per tranquillarlo*): No, no, nemmeno un bacio! È la verità!

Alludendo a Respi:

E la fa sapere a tutti, lui; e questo non gli pare indegno!

Respi: Se tu sospetti e l'accusi innocente!

Romeo: Io, già! Mentre tu l'insidii, l'assedii, vieni a insidiarla, a sorprenderla in casa mia, sotto il mio stesso tetto; questo è d'uomo d'onore?

Respi: Ma lei m'ha respinto!

Romeo: Affar suo! Lascia star lei! Io dico tu, tu non puoi negare d'averla insidiata! È vero questo, sì o no? E poi, che io la sospetti, ti pare indegno?

Giorgio: No, è indegno che tu non la creda!

Romeo: Io la credo! Dico lui, lui, che agisce da mascalzone!

Respi (*non potendone più*): Oh, infine, sono pronto a rispondertene!

Romeo (*prendendolo per il petto*): Come me ne rispondi? Non hai agito da mascalzone?

Giorgio (*separandoli*): Ma via! Basta! Che volete fare?

Respi (*esasperato, additando Romeo, a Giorgio*): Ma lo vedi? lo vedi?

Ginevra (*a Bice*): Bisogna finirla! Portatelo via!

Bice (*subito, a Romeo, forte*): Io vado, io vado, Romeo!

Romeo (*staccandosi, con un maligno riso, indicando Respi*): Mi sfida! Si mette a mia disposizione! Io ho tutto il diritto di darti del mascalzone, perché tu hai voluto, voluto, con ostinazione, con persecuzione insidiarmi la moglie, indurmi per conseguenza al sospetto, no? a pensare che - non ora, non ora in villa, perché lo so, lei t'ha respinto - ma prima, prima - dura da un anno la tua corte - in un momento d'assenza, d'incoscienza, che so! lei abbia potuto - no, no! non è stato! va bene! - ma è pur possibile, oh Dio, lo sappiamo tutti! è pur possibile! - e che un simile pensiero mi sia entrato in mente, non è colpa tua? -

D'un tratto smarrito, interrompendo l'invettiva, ricredendosi, impensatamente, con stupore di tutti:

Ma no! no! non è vero! scusami! non è vero! non è colpa tua. -

Voltandosi a Ginevra:

Vedi che non posso tenere la maschera, Ginevra?

A Respi:

Colpa tua è soltanto d'averlo voluto! Il sospetto non mi viene da te e nemmeno da lei.

Indica Bice.

Io anzi t'invidio, t'invidio, Respi, non ti lodo, ma t'invidio! Non t'è mai avvenuto nulla che tu non volessi! Tu vuoi! Tu sai! Sei così sicuro di te! Anche quando sei solo, non è vero? quando non ti vedi, sempre sicuro di quello che fai! Le sai tutte, beato te, le tue mascalzonate! Non t'offendere! non t'offendere! Quest'è umano, quest'è umano! Ne hai coscienza! È tutto il resto che non si spiega!

Tu puoi compiacertene o fartene rimorso, beato te! sei da invidiare per questo! dopo aver tentato di tradirmi, fare un duello con me e infilzarmi o cacciarmi una palla in fronte o in petto, e farti questo gran rimorso!

Gli prende la testa e lo bacia in fronte.

Toh! bravo! Fai il male, sapendo di farlo, tu! Io no, io no! E Bice è come te - lei nel bene, e tu nel male! Sei un solido, magnifico mascalzone, come lei una dolce, purissima colomba! E anche tu, Giorgio, un brav'uomo che sa, sa tutto quello che fa, anche le piccole marachelle, che non son colpe, durante le lunghe assenze

Giorgio (*ridendo*): Oh, io non le ho mai nascoste a mia moglie; la dovrei stimar stupida altrimenti, da non supporre che stando così a lungo lontano... Si farebbe un cattivo concetto di me!

Romeo: Mentre una donna, eh? deve sapere aspettare! ed è una colpa gravissima, se non sa aspettare!

Giorgio (*turbandosi d'un tratto*): Che c'entra adesso ... ?

Romeo (*subito*): No, no! Dico quello ch'è stabilito che non si discute nemmeno!

Giorgio: Tu seguiti a parlare a vanvera, è vero?

Romeo: Ma sì, da pazzo!

Giorgio: Perché altrimenti non comprenderei come ti possa venire in mente di parlar di Ginevra, adesso.

Romeo: Ma no, che dici! io, di Ginevra? io parlo delle cose che si sanno, come si sono stabilite, che le donne, in generale

Giorgio (*interrompendo, reciso*): La donna è un'altra cosa!

Romeo: Ma sì, non si discute!

Giorgio: Pareva che tu lo volessi discutere!

Romeo: Ma no! D'accordo! Io volevo appunto affermare questa bellezza di solidità - là - delle cose stabilite, che tutti sanno e, anche se non sanno, accettano - là - perché si sono stabilite. Un cieco, non vede la luna, ma sa che c'è. Tutti sanno che in cielo c'è la luna; e che sulla terra ci sono i boschi. Crediamo, almeno, di saperlo! Ma poi tutt'a un tratto ci accorgiamo di non averlo mai saputo veramente, quando ne abbiamo un sentimento vero, così raro, che ce ne crea d'improvviso, misteriosamente, la realtà; e la scopriamo allora, la luna, il bosco, la luna che è «quella», ora sì, «la luna»

indica la luna che è sorta

«il bosco», quello! che non han più nulla da vedere con la luna e col bosco degli altri, come comunemente si sa che ci sono, l'una in cielo e l'altro in questa o in quella parte della terra. Ah, eccola, è questa la Luna! Se ne ha una volta sola il sentimento vero! E tanti non lo hanno mai, e vivono delle cose che si sanno, senza nessuna vera realtà per loro. E tanti che lo hanno avuto una volta, cercano di riaverlo, e non lo trovano più. È questa - questa dei sentimenti veri - misteriosi - la vera vita - che non si sa come si crei in un attimo, e ti rapisca, e ti può anche far commettere delitti che tu non sai, terribili, e non se ne sa più nulla, passato quell'attimo, estinto il mistero. Le cose che si sanno non significano allora più nulla.

S'è fatta sera, una chiara sera dilagata d'un misterioso azzurro lunare; si sono accesi i fanali sulla balaustrata, con lampade anch'esse d'una tinta azzurra; e per l'aria e il tono con cui Romeo Daddi ha parlato, tutti son rimasti come presi in un incanto angoscioso. Lunga pausa. Tutt'a un tratto Giorgio, come se in quell'incanto si fosse maturato il sospetto, si alza e dice a Romeo:

Giorgio: Tu, Romeo, domani mi dirai.

Tutti restano, voltandosi a guardarlo stupiti. Un'altra pausa.

Romeo (*incerto*): Io?

Ginevra (*incerta*): Che cosa?

Bice: No, che vuoi che ti dica, Giorgio?

Ginevra: Romeo può parlarti ora stesso.

Giorgio (*pronto, cupo, fermo, rude*): Tu, zitta! Devo prima parlare con te.

Bice (*risoluta, non meno ferma*): Ginevra non ti può dir nulla.

Giorgio: Vedremo!

Bice (*a Ginevra come se tra loro ci fosse un'intesa*): Io son sicura di te, Ginevra! Bada che tu m'hai giurato!

Giorgio (*severo*): Io non ti credo, Bice! Non lo crede neanche lui, tuo marito. Crede a Respi. Noi ne parleremo domani, Romeo.

Romeo (*lentamente, come dopo una profonda trafittura*): Io non potrei che dirti, Giorgio, la mia vergogna.

Giorgio: Mi dirai domani. O forse non ci sarà più bisogno che tu mi dica. Vi prego tutti d'andare.

Tela

ATTO TERZO

Stanza in casa di Romeo Daddi, la mattina dopo (È lasciata agli interpreti l'attuazione d'una scena che risponda all'animo del protagonista e al momento dell'azione.)

Sono in iscena Romeo e Bice. Romeo è seduto, assorto, turbato, impaziente. Bice gli è presso, costernata, supplichevole.

Bice: Dammi ascolto, per carità, Romeo. Giorgio a momenti sarà qui.

Romeo (*scrollando le spalle*): Ma sì! Mi dispiace soltanto che tardi!

Bice: Anche per me è cattivo segno!

Romeo: Non dico per questo! Sono certo che Ginevra non avrà confessato. Temo di me, che mi stanchi troppo io, aspettando, per una cosa che non ha più per me, ormai, nessuna importanza.

Bice: Come, nessuna importanza? che dici?

Romeo (*alzandosi e movendo per la stanza*): Per me, nessuna: ne avrà per lui.

Bice: Ma no, anche per te, scusa! Non ti si può più parlare! Hai pensato che cosa devi dirgli per levargli il sospetto? Con te così -

Romeo (*fermandosi a guardarla un momento*): - me così! sei stata proprio tu -

Bice: - a farglielo nascere?

Romeo: - no! ero andato jeri a riparare; e tu -

Bice: - Sì, sì, non ho compreso in prima, avevo il sospetto, soprattutto per lei, d'una vera colpa

Romeo (*fermandosi di nuovo, con forza*): - ma è - non nostra - stando al fatto, è - e la più nefanda - se restiamo qua, nelle relazioni della vita, e scopriamo chi ero io, chi era lei, per Giorgio, per te, quando, dov'è stato: imperdonabile! Il fatto, insomma, il fatto.

Bice: Non si deve appunto scoprirlo!

Romeo (*si rimette a passeggiare*): Brava! L'hai voluto scoprire tu, proprio tu!

Bice: Se lei, invece d'ostinarsi a negare, si fosse confidata

Romeo (*infastidito*): - ancora questa sciocca pretesa, che lei ti confessasse -

Bice: - ma se è così, senza colpa, come tu dici, e senza rimorso - poteva

Romeo (*rifermandosi*): Possiamo allora confessarlo anche a Giorgio -

Bice: No! Che c'entra Giorgio!

Romeo: È lo stesso! (*Torna a sedere.*)

Bice: Io sono donna, è un'altra cosa: a me donna -

Romeo: Tra voi donne, difatti, vi confessate cose -

Bice: - questa sarebbe stata a fin di bene, e nel suo stesso interesse - poteva, poteva -

Romeo: Lei no! Io, posso. Lei, non vedi? è così chiaro che vuole ancora restarci, radicata -

Bice: Dove, restarci?

Romeo: Nella vita. A qualunque costo. Perché è ammessa, nella vita, ammessa da tutti, stabilita, la necessità di mentire, e diventa così facilmente abitudine il non veder più la propria menzogna. Tanto più poi per lei a cui può far così comodo affermarsi in piena coscienza, senz'affatto mentirsi, d'esser senza alcun rimorso perché veramente non ha voluto la colpa.

Bice: Ma anche tu!

Romeo: Per me è anche un'altra cosa. Io ne vedo ormai la ragione - terribile e non posso più negarla. Devo fare al contrario di lei: negare le relazioni, io: le relazioni che mi fanno colpevole. Ecco la condanna: l'ho trovata; mi ci sono tanto impazzito, che l'ho trovata; e ora sono calmo.

Torna ad alzarsi.

Bice: La condanna?

Romeo: Sì, sì: negare la vita.

Bice: Ma che dici? vorresti ucciderti?

Romeo: No, dico anzi se voglio seguitare a vivere! Negarmi la vita degli altri, la vostra, dove, se resto ancora, costretto a mentire, sono colpevole.

Bice: E che vuoi fare allora? Per non mentire, scoprire a Giorgio ... ?

Romeo: No, niente a Giorgio: non ne ho il diritto.

Bice: Ah, ecco!

Romeo: Mi basta averlo scoperto a me stesso! Ce n'è voluto! Due esperienze! E quest'ultima!... Se quel ragazzo è morto, almeno questi altri due, Giorgio e Ginevra, devono vivere.

Bice: Giorgio! Giorgio, sì!

Romeo: Anche lei, Ginevra, che lo vuole con tanta violenza, e ha ragione: se può ancora affermarne il diritto.

Bice: E tu?

Romeo: Lo vedrai.

Bice: Non intendo ancora che vuoi fare!

41

Romeo: Te l'ho detto. Intanto, salvare, salvare i due.

Siede di nuovo.

Bice: Bene, allora senti quello che ti voglio dire. Avrai visto che io jersera ho cercato subito di riparare; perciò ti dicevo «con te così», eccitato com'eri, non so se ti sei accorto: ho lasciato intendere a Giorgio, ch'ero andata io, io a confidare a Ginevra, una cosa accaduta a me, realmente, con Respi. Giorgio, hai sentito, non ci crede. Ma son sicura, come te, che Ginevra non parlerà: si sarà certo attaccata al giuramento che io le ho gridato d'avermi fatto, per non parlare di nulla. Se non è stupida, dovrebbe trovar modo di venircelo a dire per prevenirci, che Giorgio non si serva della trappola solita, di venirci a dire che lei gli ha invece confessato tutto. Ma questo no. Se Giorgio viene, è già la prova che lei non ha confessato nulla. O verrebbe soltanto per ucciderti. No, no. Dunque resta inteso - mi senti?

Romeo: Sì, ti sento. Che cosa?

Bice: Vedi che non hai inteso?

Romeo: Sì, ho inteso.

Bice: Che si tratta di me?

Romeo: Sì, di te. È possibile.

Bice: No, caro, per lui no! lui non lo crede possibile. Bisogna farglielo credere.

Romeo: Ma non importa che lui non lo creda! Basta che sia sicuro che lo credo io; ed è facile seguendo la via per cui mi sono messo: inventare qualcosa che gli dia la certezza e gli faccia toccar con mano che viceversa tu sei la colpevole e io non sono più pazzo. Facilissimo, vedrai: se tu vuoi ajutare così, per lui, e non neghi più. Arriveremo a una prova di fatto, anche per te, innegabile, e gli daremo piena soddisfazione. Questo non ha importanza, credi. Il più grave, Bice, il più grave è per me.

Bice: Che, per te? il dover mentire, ora che sai?

Romeo: No. Io non so nulla. Io so quello che tu mi dici. E il resto lo immagino.

Bice: Romeo, che intendi dire?

Romeo: Che quel che c'è in noi d'umano, e che sappiamo, Bice, è veramente il meno.

Bice: Ancora non mi vuoi credere per davvero?

Romeo: «Per davvero»! Ma che dici?

Bice: Che io...

Romeo: Ma sì, ti credo. È che tu stessa, cara, non puoi «per davvero» sapere.

Le prende con amore le mani.

Io sto a guardarti. Sei così bella, Bice. Ora come mai. Così mite. Limpida, è vero, come dice

Giorgio. Cari, cari occhi sereni.

La mira intento negli occhi, e scorgendo che ella ha tutto il suo amore ferito e dolente nei suoi, le dice:

Sì, cara, sì! Ma la felicità, guardatene! sempre qualche cosa di troppo, cara, d'inatteso e terribile, quando ci avviene: scoppieranno le tempie, o finirà tutto, purtroppo, cecamente, in un fremito animalesco, o peggio, peggio, così, ti metterai a piangere, cara, da non poterti più trattenere.

Bice: Romeo! Romeo!

Romeo: Basta, basta. Vedrai che queste lagrime ora ci serviranno, per lui, per persuaderlo.

Bice: Sì, sì: avrò pianto, avrò gli occhi rossi per tutte le cose orribili che m'avrai detto!

Romeo: E tu eri Bice! E io chi sa chi ero! Ora, un momento fa, quando eravamo bambini, un momento fa, che non si sapeva più nulla, e t'ho guardata negli occhi. Tu sei così pura, ma vedi, Bice, per tutti i delitti voluti, c'è la condanna della carcere, si va in prigione. Ma per chi non li ha voluti e li ha commessi come me - delitti veri, quest'ultimo per cui sono ancora qua ad attendere: aver tradito l'amico ch'era per me un fratello, avergli preso la moglie ch'era mia ospite - ti pare che non ci voglia una condanna? Dev'esserci! E io l'ho trovata.

Si alza.

La mia condanna dev'essere il contrario della carcere: fuori, fuori, dove non c'è più niente di stabilito, di solido, case, relazioni, contatti, consorzio, leggi, abitudini; più nulla: la libertà, ecco, la libertà come condanna, l'esilio nel sogno, come il santo nel deserto, o l'inferno del vagabondo che ruba, che uccide - la rapina del sole, di tutto ciò che è misterioso e fuori di noi, che non è più umano, dove la vita si brucia in un anno o in un mese o in un giorno, non si sa come.

Bice: E io?

Romeo: Tu, povera Ginevra?

Bice: Mi chiami Ginevra?

Romeo: No, Bice! Bice! Perdonami.

Bice: È ormai lo stesso per te?

Romeo: No, no, hai ragione; ma potevo dire anche povero Giorgio; Sì, voi insomma. Io debbo andarmene; non posso più soffrire nessun contatto, vedere nessuno! Venisse! Non mi par l'ora! Ma tu capisci? Vedermelo davanti, ingannarlo... Mi sorge irresistibile il bisogno di gridargli in faccia quello che, senza volerlo, gli ho fatto.

Bice: No!

Romeo: No, no. Salvare, salvare almeno per voi la vita. Ma non posso che così, vedi, lasciandola, lasciandovela com'è per voi, con tutto anche, perché no?, anche coi sogni, quelli che si fanno comunemente e che non si possono sopportare. Ah, ecco. Perfetto! Un sogno, sì. Trovato anche questo. Vedrai come salverò tutto, sacrificandoti il meno possibile, mia povera Bice, te che non vuoi altro!

Bice: Ma io voglio salvar te, Romeo! Ecco quello che io voglio!

La contempla lungamente, poi dice:

Romeo: Sei troppo gracile, cara, delicata.

Bice: No, no, verrò con te! verrò con te, dovunque tu vada!

Romeo: Verresti, lo so; ma non puoi, e non devi.

Bice: Sì, sì, potrò dovunque! a qualunque costo! anche di morire!

Romeo: E sarebbe per me, allora, un altro delitto non voluto, che non potrei sopportare.

Bice: Tu stai bruciando!

Romeo: Comincio.

Bice: Hai la febbre!

Romeo: Sì, forse: ma questo non è niente. Salvare a voi la vita.

Bice: La vita? Tu mi fai morire!

Romeo: No, vedrai, la vita è sempre la stessa.

Bice: Come, la stessa?

Romeo: Si accomoda sempre da sé. Trova tante cose, a cui prima non si bada e che poi prendono. Si soffre molto, e poi basta. Non ci si pensa più.

Bice: Se ti perdo...

Romeo: Non mi hai già perduto? Dico a Giorgio quello che gli ho fatto: lo conosco: m'ammazzerà.

Bice: Ma tu non glielo dirai!.

Romeo: Ecco: e allora bisogna che mi punisca da me come t'ho detto: dopo che l'ho tradito, dopo che avrò mentito davanti a lui, basta! è la seconda volta, basta! basta!

Si sente picchiare all'uscio, e la voce di Ginevra chiedere:

Ginevra: Permesso?

Romeo: Ecco Ginevra! Non posso sopportarla. Dille che può esser sicura di me.

Romeo, via.

Bice: Avanti, Ginevra.

Entra Ginevra.

Ginevra: Cara Bice!

Bice: Dimmi, dimmi!

Ginevra: Sospetta ancora. Non vuol credere che si tratti di te.

Bice: Ma tu che gli hai detto?

Ginevra: Nulla.

Bice: Perché mi avevi giurato?

Ginevra: Sì. M'ha messa alla tortura. Ma io, ferma. Mi ci son lasciata mettere. Ne ho approfittato, anzi. Sì, dimostrandogli ch'ero anche disposta a subirla. E gli ho lasciato sospettare tutto quello che ha voluto, le cose più atroci: una vera tortura! me le son lasciate buttare in faccia, fingendo di sopportare che lui le credesse, pur di non venir meno, io, al giuramento che t'avevo fatto di tacere, capisci? E lui ci s'è sfogato! Ah come ci s'è accanito! Ho potuto misurare quanto odio ci sia sotto il suo amore! Che tanto si odia, quanto si ama! M'ha afferrato per le braccia - devo certo averci i lividi - scossa, fino a schiantarmi, e poi percossa, sì, ma avevo capito che, ormai per quella via, bisognava arrivare fino in fondo, tutto per tutto: che si pigliasse anche la soddisfazione della mia confessione così estorta: «Sì, credimi pure l'amante del tuo amico; ma di Bice, io, non ti dirò nulla! ».

Bice: E lui?

Ginevra: È rimasto. Era la voce della verità, perché è proprio vero che io non sono mai stata l'amante di tuo marito.

Bice: E allora?

Ginevra: Questo valse a freddargli l'ira. Restò scosso da quel mio coraggio e dal disprezzo vero per tutti i vituperii che m'aveva scagliato in faccia; il sospetto per me però gli è rimasto, non gli è passato, capisco che non gli è ancora passato; ma sai perché? per te! perché non vuol credere che si possa trattare di te!

Bice (*quasi tra sé*): Povero Giorgio...

Ginevra: Ah sì, bello! tu dici povero Giorgio; e io ho dovuto sopportar questo, alla vigilia della sua partenza - ah che notte! - tra le menzogne, le offese più infami, anche le percosse, sì, strappate proprio da me - tutto questo per lui, per salvar lui!

Bice: Tu dici Giorgio?

Ginevra: No: dico tuo marito!

Bice: Ma Ginevra...

Ginevra: Tuo marito! Tuo marito che ha parlato! che ha compromesso anche te! che vuol far impazzire tutti con lui! - Ha pensato almeno che cosa deve dire ora a Giorgio?

Bice: Giorgio dov'è?

Ginevra: Per fortuna è stato chiamato di nuovo, non so per quali altri ordini. Ma verrà.

Bice: Ti troverà qui.

Ginevra: E si raffermerà certo nel sospetto. Mi caccerà malamente. Non importa. Bisogna seguir la via. Io sono qua in tua difesa.

Bice: Così tu fai tutto per gli altri. Sei diventata la vittima.

Ginevra: No, cara, la vera vittima sei tu. Ma lo dobbiamo tutti alla sua pazzia. Dov'è intanto, che non si vede? È bene che sappia a che punto stanno le cose. C'è da fidarsi di lui?

Bice: Poco.

Ginevra: Come, poco?

Bice: Dice che puoi esser sicura di lui. Ma fa certi discorsi!

Ginevra: Ancora?

Bice: Vuole andarsene.

Ginevra: Dove?

Bice: Io non so; dice che ha trovato la sua condanna; e sembra deciso.

Ginevra: A che?

Bice: A partire; ma prima a salvare voi due, dice, Giorgio e te.

Ginevra: Già, ma come? te l'ha detto?

Bice: No, ma ha trovato anche questo, dice, e che tu puoi star sicura; l'ha detto adesso. L'importante per lui è partire. Vuole andarsene.

Ginevra: E tu lascialo andare! Forse sarebbe meglio, se seguita così a tormentarti e a far pazzie, chiuderlo!

Bice: Ah, sì, il manicomio come la carcere: tutto il contrario di quello che lui vuole per sé: la libertà, come condanna!

Ginevra: Comodo anche questo: vuole la libertà? bella condanna!

Bice: No, come dice lui, no! Per non essere più costretto a mentire.

Ginevra: E chi l'ha costretto? Lui stesso perché ha voluto parlare. Posso parlargli io? Chiamalo!

Bice: Non so se voglia venire.

Ginevra: Chiamalo, che gli farà bene.

Bice (*aprendo l'uscio e chiamando*): Romeo, c'è Ginevra che ti vuol parlare.

Entra Romeo.

Romeo: No, basta, Ginevra, ti prego.

Ginevra: Che altra pazzia vuoi fare? andartene?

Romeo (*a Bice*): Hai già parlato? Lasciatemi fare, per carità. Non è più tempo di parlare.

Ginevra: Ah bello che tu lo dica a me! Non avessi tu mai cominciato! Il male, caro mio, non è tanto quando ci avviene di farle, certe cose (tu dici: non si sa come), quanto di parlarne.

Romeo: Già, perché tu vuoi aver lasciata ancora la libertà d'ubriacarti. Io no! Basta!

Ginevra: Io, ubriacarmi? io non mi sono mai ubriacata.

Romeo: Non dico di vino.

Ginevra: E di che allora?

Romeo: Ma lo sai bene di che! Lo sappiamo tutti! È una continua ubriacatura. E fuori, a sorreggerci, ci sono le cose che si sanno. Ma hai un bel fabbricare il tuo mondo, cara mia; viene un terremoto e ti manda all'aria tutte le tue costruzioni. Guarda, pensavo proprio a questo di là.

Ginevra: Ti pare il momento di stare a pensare a queste cose? il terremoto -

Romeo: Eh, cara, quando te ne avvengono due, che ti schiacciano, che ti seppelliscono sotto la macerie? Fuggi, impazzisci soltanto all'idea di rimetterti chiuso in una casa.

Ginevra: Ma anche all'aperto, caro, ti si può aprir sotto la terra e inghiottirti!

Romeo: E allora, addio! Vedi che non c'è scampo? Tutti i tuoi calcoli falliscono; non c'è nulla che resista! Ti vuoi opporre? A chi t'opponi? Spiegare? Che ti spieghi? Non si spiega nulla! Le leggi morali: non so se per te ci siano; pare che non ci siano; ma per me ci sono; io sto soffrendo per questo; non sono un ebete, non sono un cinico, non sono un bruto; sono un uomo, e le leggi morali sono umane, e crediamo anche divine; ma Dio è più grande assai di queste leggi come noi ce le facciamo «morali», se può fare avvenire i terremoti. Io non ho voluto uccidere; io non ho voluto tradire!

Bice: Forse non hai saputo sorvegliarti!

Romeo: Già! Non ho saputo prevenire il terremoto! Non è umano, cara, prevenirlo; ed è divino farlo avvenire, come accecare gli uomini, ogni volta, perché la vita nasca; e che tutte le costruzioni crollino perché la vita si muova! Noi siamo uomini, niente! Tutta la nostra sapienza, niente! Tutto ciò che ci avviene: la nostra nascita, i nostri casi, il nostro destino: com'è? Non sappiamo mai come! Oltre la vita umana, costruita da noi, c'è il mondo, il mistero eterno del mondo; e le nostre leggi morali - se uno può saperle - ciò ch'è bene, ciò ch'è male - ce ne facciamo responsabili noi - ma se uno può saperle, è Dio solo. Io sto soffrendo così, e non posso, non posso, so che in questo momento non posso spiegarmelo in alcun modo; faccio come la mia sofferenza mi comanda. Perché volete costringermi a pensare umanamente? io so che tutto questo non è umano, che ciò che c'è d'umano in noi è il meno; c'è Dio, che è per conto di noi tutti, e non possiamo saper come! Sento che Egli vuole ora così la mia condanna: sì, forse perché non ho saputo sorvegliarmi. Ma due volte, due volte io non ho voluto le mie colpe e le ho commesse; sono stato sorpreso; l'ha voluto Dio per punirmi; io non l'ho voluto; ma mi punirò come Lui vuole.

Ginevra (*dopo una pausa, sordamente*): Io non mi sento colpevole.

Romeo: Neppure di non averti saputo sorvegliare?

Ginevra: Sarà accaduto. Io non voglio saperne più nulla. Tu non amerai Bice. Io amo Giorgio. Finiscila una volta e per sempre di ricordarlo! Ora salva Giorgio! E salva anche te!

Romeo: Io non mi posso salvare con una menzogna. Mi dici anche che non amo Bice?

Bice: No, sono io, sono io, Romeo; te lo dico io, io, di servirti di me!

Romeo (*a Ginevra*): È veramente incoscienza, la più sorda e la più cieca, la tua! Vuoi che ti dimostri che io amo Bice e che il mio amore e il mio rispetto m'impongono di non servirmi di lei per salvar te? Io per me posso denunziarmi, non ho più bisogno di salvarmi come te, io; mi denunzierò, e ti denunzierò.

Ginevra (*gridando*): No! No! Per Giorgio!

Bice (*contemporaneamente*): Per Giorgio, Romeo!

Romeo (*seguitando la sua battuta*): Gli dirò perché è stato, e com'è stato!

Bice: Devi farlo per Giorgio, Romeo! Giorgio è veramente innocente!

Romeo: E tu non sei veramente innocente?

Bice: Sì, e perciò per me puoi, Romeo, se te lo dico io, se lo voglio io, per te e per Giorgio, e anche per Ginevra, sì anche per te, Ginevra; se soffri a mentire, pensa che non mi offendi, ecco! per me puoi farlo, e per Giorgio lo devi, lo devi!

Ginevra: Ecco Giorgio!

Giorgio è entrato alle ultime parole di Bice.

Giorgio: Che devi per me?

Romeo (*calmissimo*): Pare - dicono almeno tutt'e due - confessare, poiché sospetti.

Giorgio: No! Bice non ha detto confessare - l'ho sentita entrando - ha detto: «se soffri a mentire».

Bice: Sì - «pensa che non mi offendi» - gli ho detto; perché io mi sento innocente, Giorgio, lo sai! è la verità!

Giorgio: Sì, e lui non ti vuol credere, lo so.

Romeo: Posso soffrirne.

Giorgio: Ne soffrirai. Ma questo non è mentire; al contrario! Hai espresso, mi pare, anche troppo apertamente il tuo sospetto! Hai fatto anzi uno scandalo, con Respi.

Romeo: Tanto più posso soffrire, ora, perché sospetti, a doverti confessare come t'ho detto - la mia vergogna.

Giorgio: Sì, m'hai detto così, jeri. Ma anche questo, ti faccio osservare, non è mentire. Confessare non è mentire.

Romeo: È mentire, perché finora ho parlato davanti a te soltanto di Respi.

Giorgio: Ah, sospetti anche d'altri?

Romeo: Ho sospettato anche di te.

Giorgio: Di me?

Romeo: Sì, di te. E la mia vergogna è certa.

Giorgio: Come, certa! Se tu sospetti di me, sei veramente pazzo!

Romeo: E tu, scusa? Non sei venuto qua, perché sospetti di me?

Giorgio: Io posso sospettare di te, per quanto mi ripugni, perché mia moglie è stata con te tre mesi, tua ospite, e per tutti i discorsi strambi che fai da due giorni; ma tu non hai motivo di sospettare di me! Ora sì menti! È un concerto fra voi tre? E soffri a mentire, ora sì!

Romeo: Lasciami dire! E vedrai che ho motivo! Ti spiegherò tutto. Vedi come son calmo? Di Respi lei ha negato. E di lui ho potuto sospettare anche il peggio. Poi, hai visto? mi sono convinto che - lui, sì, è stato un mascalzone a insidiarla - ma lei no, non è caduta nell'insidia. Non sarebbe stato difatti più un sogno con Respi. Una donna onesta non può cadere che in sogno.

Ginevra: E dunque, se in sogno, è innocente!

Giorgio: Zitta tu, non t'immischiare! Che c'entra adesso il sogno?

Romeo: Vedrai che c'entra e vedrai come fan tutto facile le donne! Non si tratta d'altro che di sogno. Io non ho parlato mai d'altro che di sogno. Delitti in sogno. Delitti innocenti; ma veri delitti. Il mio sospetto per Respi, Giorgio, quello che ora m'obbliga a confessare davanti a te la mia vergogna (perché, non so come, s'è complicato col tuo sospetto, inatteso, infondato, che - hai visto? - ha cagionato lo stupore doloroso di tutti) -

Giorgio: - il tuo sospetto per Respi, concludi! -

Romeo: - deriva dalla sua incoscienza

indica Bice e subito aggiunge, rivolto a Ginevra:

non avrai certo difficoltà ad ammettere l'incoscienza.

Giorgio: Lascia Ginevra! rivolgiti a me!

Romeo: Ma perché è andata a confessarsi anche con lei, sicura che della sua confessione d'un delitto involontario, commesso in sogno, io non avrei dovuto avermi a male, è vero? Le hai raccontato il sogno, come prima lo avevi raccontato a me: insopportabile, Giorgio, insopportabile! un sogno, capisci ora? in cui c'eri tu!

Giorgio (*stordito*): Io?

Bice (*coprendosi subito il volto con le mani*): Oh Dio!

Giorgio (*notando il gesto e comprendendo*): Ah!

Romeo (*tradito nella sua invenzione*): Vedi? vedi? è vero! è vero!

Correndo a Bice e strappandole le mani dal volto:

È vero, Bice? Di' che è vero! Di' che è vero!

A Giorgio:

Lo vedi che è vero? E allora... Eh già, allora, sfido! per non arrossirne davanti a te, s'è fatto giurar da Ginevra di non dirtene nulla; ma ora, ora, ecco, ho dovuto arrossirne io! Vedi le donne, come sono? dicono: un sogno! capisci? un sogno! che cos'è un sogno?

Giorgio: Ma appunto: nulla! Vuoi far caso d'un sogno? Se ci son potuto entrar io, che vuoi che sia?

Accostandosi con pietà a Bice:

Su, Bice, non piangere così!

Romeo (*trattenendolo*): Ah no, ti prego! Ora che sai, capirai, non può più farmi piacere che tu me la consoli per giunta, e me la esorti a non piangere. È stato vero, non vedi? Io non me lo sono inventato!

Giorgio: Ma che vero, non mi far ridere! Un sogno: ci si risveglia: e subito la coscienza lo respinge!

Romeo: Eh già! Tanto che, come se non fosse stato nulla, poté poi accoglierti con tanta festa al tuo arrivo là in villa, l'avrai notato, eh?

Bice (*tra il pianto, senza staccar le mani, istintivamente*): Ah no, questo no!

Romeo: Questo no. Non ci pensava più. Difatti non me ne disse nulla subito. Me lo disse dopo la tua partenza come una cosa da nulla. Sai che, franca, dice tutto! Anche di Respi m'ha detto.

Giorgio: Avrà fatto male a dirtelo; ma tu non puoi far caso d'un sogno come se fosse una realtà!

Romeo: Ah no, eh? Non c'è la realtà del sogno, nel corpo che l'ha goduto? Anch'io ho ucciso come in sogno quel ragazzo; ma quel ragazzo, lui, è morto davvero!

Giorgio: Qua non è morto nessuno: non è stato nulla!

Romeo: Nulla per te! Ma metti che tua moglie, una mattina, si svegli: è accanto a te e t'ha tradito - in sogno, ma t'ha tradito. - Non se ne fa un rimorso. Un sogno! Lo dimentica. La sua coscienza, come tu dici, lo respinge. Non è stato nulla. Potrebbe anche dirtelo.

Giorgio: No, questo no: non son cose che si dicono.

Romeo: Ma sì, secondo la confidenza che si ha col proprio marito, quando si è franche: secondo l'estro che può levare in certi momenti ogni ritegno di pudore, sì, sì, anche ridendo, sicura che tu, trattandosi d'un sogno, non puoi darci importanza - difatti, ecco, non ce la dài - ti passa un braccio attorno al collo: «Ma sai, caro, che t'ho tradito?». - «M'hai tradito?» - «Sì, in sogno, or ora.» - «Con chi?» - «Ah, con uno, non so, che poi diventava un altro, ma sì figùrati, Romeo!» - Tu ne ridi: Romeo, figùrati!

Lei ha detto Giorgio.

Giorgio (*calcando le parole*): Lei ha fatto male! Non si possono far queste confessioni al marito!

Romeo: Figùrati poi quando ti senti aggiungere che quel sogno è stato così vivo, che d'un balzo

a Bice conferocita

- di', di', è vero? - d'un balzo te ne sei destata. E aggiungere, per esempio: «Ti posso assicurare, caro, che tu non mi hai mai data una gioja altrettanto viva, perché questa è stata veramente, veramente, tutta intera per me sola, e tutta proprio come per mia soddisfazione la desideravo»... Tradimento lentissimo, insomma, assaporato tutto, intero fino all'ultimo. Le puoi dare uno schiaffo; la puoi buttar giù del letto con un calcio; ma il sogno resta, resta là, vivo, nel suo corpo, e tu non puoi farci nulla; è stato un sogno; lei non l'ha voluto; si può forse comandare ai sogni? - Ecco, ecco, caro Giorgio, i delitti veri, caro, i delitti veri, per cui non c'è tribunali, si commettono così. Chi li vuole? Si commettono; non si sa come.

Indica Bice, con infinito stupore e rimpianto e sdegno.

Anche lei! Anche lei! - Sì, e ora piange!

Giorgio: L'hai punita, mi pare, più di quanto s'è meritata, per il male commesso

Ginevra: - d'aver sognato -

Giorgio: - no: d'averglielo detto! Ma ora basta, via! Vuoi farmi partire tranquillo?

Romeo: Volevo partire anch'io. Ma ormai -

Giorgio: - dove volevi andare?

Romeo: - No, resterò. Tutti innocenti e colpevoli. Ma se è la vita stessa così... Mi sento ormai ripagato. Posso restare nella vita di tutti così senza rimorso. Parti, parti pure tranquillo.

Giorgio: È già tardi, devo andare.

Ginevra: Bisognerà passare ancora a ritirare le maglie.

Giorgio: Quelle pesanti, no, non le prendo; sai che non posso sopportarle.

Romeo: Si viaggia male, è vero? sulle navi da guerra?

Giorgio: Ci s'abitua.

Romeo: Ah, io son sicuro che non potrei abituarmici. Lo soffro troppo io il mare.

Giorgio: Passa, passa con l'abitudine anche il mal di mare.

Romeo: Ecco, forse, con l'abitudine. Rimedii non ce n'è.

Giorgio: Sì, se ne spacciano. Se arrivi a suggestionarti fino al punto di sentirti sicuro che, prendendoli, non soffrirai più.

Romeo: Ecco, la suggestione: tutto è qui, fino al punto di non avvertire più il male. Io non so come fate, voi marinaj, se vi si guasta la bussola, o quando la bussola non era ancora inventata, a regolarvi con la stella polare, una stellina così piccola piccola, che appena si vede.

Giorgio: Facilissimo, caro: si calcola; questo, in marina, è elementare: si stabilisce il punto; c'è il sestante, ci sono le carte... La scienza, la pratica. Sapessi che strumenti di precisione si sono inventati per farci arrivare a calcolare cose ben altrimenti difficili! Oggi la scienza, caro, tutto quello che si sa, è così tanto, così tanto, che non basta la vita d'un uomo a impadronirsi veramente d'un sol punto dello scibile. I progressi in ogni campo sono enormi.

Romeo: Sì, sì, e la vita è tutta ricostruita dall'uomo, come un mondo nel mondo, creato da tutto ciò che l'uomo sente e sa.

Giorgio: E la vita, se ci pensi bene, se n'è talmente invalorata, che è divenuta per tutti prodigiosa; non pare quasi più umana.

Romeo: Sì, sì, certo, dici bene, è proprio così: con tutto ciò che l'uomo sente e sa. Prodigi, è vero, enormi -

Giorgio: Vorrei farti venire un momento a bordo.

Romeo: Ricordi che volevi facessi il marinajo con te?

Ginevra: Giorgio, dobbiamo andare.

Giorgio: Sì, eccomi. Senti, fai piuttosto un bel viaggio con Bice!

Ginevra: Ecco, questo dovresti fare.

Romeo: E saper calcolare. La scienza, la pratica. Le cose che si sanno, insomma. La vita: attenersi alle cose certe che si sanno. Tu sei certo dottissimo. Ma le donne, le donne nella vita sono quelle che ne sanno di più. Dico, delle cose usuali.

Voltandosi a guardar Bice che seguita a piangere:

Tranne quella che sogna e poi piange. Bisogna imparare a non piangere.

Dopo aver dato, con queste ultime parole, l'impressione che tutto sia finito, d'un tratto Romeo con voce diversa, come per un irresistibile richiamo della coscienza che non può accettare una tal fine, si volta a Giorgio e gli dice:

Romeo: Giorgio, anche lei, tua moglie, come in sogno, è stata mia. Non l'ha voluto, né io l'ho voluto. Puoi tu punirci?

Giorgio, Ginevra e Bice ne restano sbalorditi. Pausa.

Bice (*ancora nello sbalordimento*): Perché l'hai detto?

Romeo: Dovevo dirlo. Tu nel sogno, lei nel fatto.

Giorgio: Nel fatto. Ah, dunque è vero? Hai mentito?

E accenna di lanciarsi come una belva contro Romeo. Subito Ginevra gli si mette davanti per pararlo, gridando.

Ginevra: No! è, pazzo! È pazzo!

Romeo: Non sono pazzo. Siamo innocenti.

Giorgio con una violenta bracciata si libera da Ginevra e cava dal fodero la pistola, mentre Bice, cercando di riparar Romeo, grida a Giorgio:

Bice: No, no, Giorgio!

Romeo (*subito a Bice, scartandola*): Lascialo fare.

Giorgio spara. Grido delle due donne.

Romeo (*abbattendosi su Bice*): Anche questo è umano.

Tela